绝望的主妇

整形复仇记

The Life and Loves of a She—Devil

[英] 菲·维尔登 (Fay Weldon) ◎著

林静华◎译

重庆出版集团 重庆出版社

THE LIFE AND LOVES OF A SHE-DEVIL by FAY WELDON

Copyright:© 1983 BY FAY WELDON

This edition arranged with CAPEL & LAND LTD

through BIG APPLE AGENCY, INC., LABUAN, MALAYSIA.

Simplified Chinese edition copyright: 2011 CHONGQING PUBLISHING HOUSE

本书译文由大块文化出版公司(台湾)授权使用

2010 渝字第(218)号

图书在版编目(CIP)数据

绝望的主妇 / (英)维尔登(Weldon,E.)著;林静华 译. – 重庆:重庆出版社,
2010.12

书名原文:The Life and Loves of a She-Devil

ISBN 978-7-229-03169-5

Ⅰ.①绝… Ⅱ.①维…②林… Ⅲ.①长篇小说—英国—现代 Ⅳ.①I561.45

中国版本图书馆 CIP 数据核字(2010)第 217604 号

绝望的主妇

Juewang de Zhufu

[英]菲·维尔登　著

林静华　译

出 版 人:罗小卫

策　　划:华章同人

执行策划:张慧哲

责任编辑:刘学琴

特约编辑:胡世勋

责任印制:杨 宁

封面设计:尚书堂

重庆出版集团
重庆出版社　出版

(重庆长江二路 205 号)

中青印刷厂　印刷

重庆出版集团图书发行公司　发行

邮购电话:010-85869375/76/77 转 810

E-MAIL:tougao@alpha-books.com

全国新华书店经销

开本:880mm×1230mm　1/32　印张:8　字数:158千

2011年1月第1版　2011年1月第1次印刷

定价:25.00元

如有印装质量问题,请致电023-68706683

爱、欲、恨的另一种精彩

《绝望的主妇》，不只是一个复仇故事，也是一个多面的爱情故事。

女人天生会恋爱，也会复仇。对不起，我说错了，只要是人，都是复仇的动物。复仇有很多种，潇洒地扬长而去，离开心更宽，是一种；拉着对方往下沉沦，是一种；用尽心机，绝地反攻，吸取对方的求饶声，化为自我修补的药剂，也是一种，《绝望的主妇》则属这种。

女主角露丝的婚姻因第三者介入而破碎，从放火烧房子那刻起，她便开始了背水一战——对于一个人妻人母而言，有什么比无家可归更可怕？之后，她布下天罗地网开始复仇计划。或许，她的方法，不及我们在影视剧里看到的虐杀的大场面刺激，但是一口气看完后，存留的情绪震动，足以让其他案例都靠边站。因为，除了复仇外，书上还细致地描写女人对"爱、欲、恨"的细腻挣扎，读者不仅随之挖掘主角的多种侧面，也同时挖掘了自己。

复仇不难，难的是"不爱"。复仇了，然后呢？我们真的开心吗？真的被抚慰了吗？真的知道痛苦的原因吗？女主角露丝在复仇过程中，屡屡自省着这些问题，她让复仇成为重新认识自己的方式。爱情离开时，难过的不只是"离别"本身，更是长久深锁内心、最介意的感受，被情人一刀刀血淋淋地剖割；更难堪的是这些极有可能是当初情人爱上我们的原因——曾经说"这些我都不在乎"的人，曾经怜惜、体谅，还有一丝天涯知己的互慰，如今一一瓦解。自信，在男人离开的那一刻开始崩解，不管你有多强。

魔女不是一天养成的，复仇露丝也不是一天炼成的，她也挣扎、怀疑过，对过去那么深情的自己，屡屡放不下。到最后，复仇的对象已经不是那个负心汉，而是昨日一往情深的自我。她最后领悟到，唯有毁灭自己，才有可能重生，如同书中，从一把火开始。而大多数的女人，在这一关，就溃败了！能像露丝那样，正视自己的恐惧，亲手掐取自己脆弱心脏的女人，少之又少。

《绝望的主妇》另一个主角玛丽·费雪，是美好的化身，有人疼爱奉承，而不够完美的可怜人妻露丝，只好去整形。与其再次让爱侵蚀，不如自己动手击碎，重塑更靓丽更强大的自我。这就是整形的迷思，却也是贯穿本书的神奇的力量：透过外在的改变，进行内在演化，多么华贵的自虐！巧妙的是，当肉体感应到灵魂的焦躁不安，顿悟生命的脆弱与无奈后，新的肉体将带着我们去重新迎接世界，这是科技无法解释的魔幻，仿佛绝地逢生，一如爱，一如性，需要不时扰动它，才能爆出新的力量！

性与爱，永远是婚外情的两大主轴。女人和男人最大的不同，是女人对性与爱的永恒不满足。女人迷失于"性"时，很多事情反转了：第三者玛丽·费雪成了人夫鲍伯的性奴隶后，第三者的娇贵光环逐渐褪去，为了夜夜云雨，她必须接纳两个小孩，扮演最厌恶的"人母"角色；而当女人自主于"性"时，很多事情也会反转：露丝在婚姻濒临崩溃时，暗地找人偷欢，爱欲让她充满力量，之后也与女人燕好，身体的钳制一关一关地解除掉，性爱悠游自在。她终于领悟：爱情、金钱、权势来来去去，只有"身体"才是自己的，情欲没有绑住她，反而温柔地释放她，帮她找回自信与自由。

身为女人，我们不用学习"去爱"，但却常常学不会"不爱"，一辈子都在爱欲的云里雾里穿梭着。性与爱，是两座流满蜜糖的丝绒监狱，困得人迷惘荡漾。而《绝望的主妇》告诉女人：相信爱、欲、恨，更相信自己，爱有很多种，爱的反面，不是"恨"，而是"不爱"；苦痛、绝望、憎恶，是"爱"，也可能是"不爱"——或者，才是真正精彩的爱！

（鸟来伯，台湾《苹果月报》《ELLE》《Esquire》杂志专栏作家）

一本颠覆的疗愈小说

只要人类没有灭亡绝种，外遇问题就不会有终止的一天。

世界上每个人都可能跟外遇沾到边，或主角或配角，或主动或被动，或亲身经历或袖手旁观，不是没情人就不会发生，也不是不承诺爱情就不会身陷其中，它常常在一边慢慢酝酿，然后在另一边突然猛烈爆发。大家都害怕外遇这恐怖的洪水猛兽，令人担忧的是：每个人一生都可能遇上一次。

这太可怕了吧！是的，因为每个人心动的频率超乎想象。

你所处的世界有两万个人符合你一见钟情的条件，这两万个人中有三千人拥有百分之三十的机会与你相遇，他们可能跟你生活在同一个市区、上同一间学校、搭同一个车、走同一条街、待同一间店……很可能你因为过度专注没留意，也或许你刻意让自己不要引起注意，如果你愿意又有时间，意思是说你愿意打扮、答应约会并在约会过程中适度表现自己、讨好对方，那么这辈子你将有机会与至少五十个以上的人谈恋爱。总括来说，这辈子你心动的频率是每天至少发生一至二次，前提是，只要你足够留意身边的人、事、物，没被太专注的事件绑住，包括工作、情绪或感情。

一个对什么事都不专注，对任何情绪和对象都不在乎的人，他谈恋爱的概率就更嚣张、更频繁，如果再加上一点冲动或抛弃一些羞耻心，他很快就能拥有无法计算的重叠恋爱。这可以解释为什么外遇事件像细菌一样不停繁殖，四处传染，因为它比免洗餐具还方便。

诱惑无所不在，外遇创伤就像病毒一样无孔不入，不管怎么预防、怎么谨慎，不管把自己的条件提升到多美好，都很可能难逃睡美人的纺锤诅咒。《绝望的主妇》就是露丝勇敢对抗外遇病毒的故事，把自己置之死地而后生，打造一切不可能，是本很颠覆的疗愈系小说。虽然这本疗愈系小说并不会治愈外遇带来的毁灭性创伤，但至少可以短暂舒缓创伤的疼痛，带来一些快意。那快意并非来自报复的快感，而是看见一个女人的巨大蜕变，还有那宛如肾上腺素被刺激般的强烈决心和勇气，原来，够强烈的爱与恨都可以成就一段神话。

这本小说强烈冲击着理想与现实，尤其在爱情的国度里。

爱情里似乎有个很特别的游戏规则在打压好人、保护坏人。感情里一旦面对好人与坏人的抉择，好人一定是最先被淘汰的牺牲品，因为他们没有侵略性，没有企图心，他们好配合又好商量，即使伤害他们也不会出现毁灭你的动机，因为好人不会轻易破坏好人的信条，只有好人才会被理智绑手绑脚；相反的是，坏人的好运竟来得这么容易，他们随心所欲，也无所顾忌，舍得花钱在自己身上及时行乐，身上的行头就是他们的户头，因为没有道德束缚所以看起来特别自由，那种毫不在乎的随性，吸引人想跟进。

矛盾的是，每个人的"理智和应该"都想当个好人、都想支持好人，但残酷的"现实和想要"却让自己成为一个坏人、被坏人牵着鼻子走。

为什么当一个人倾其所有，牺牲享乐，把一切都奉献给另一个人后，那人反而想寻觅另一个缺口？为什么明知道那个缺口是一个危险的洞，却还是有一堆人不可自拔地往下跳？每个人的选择都有它的来龙去脉，所以故事才精彩。

一旦走错了路，就可能失去一辈子的幸福。上帝让人拥有爱情应该不是单纯拿来享受这么简单，爱是人生的教材，在爱里学习施与受，学习忠诚，学习原谅，学习幽默，学习创造，抗拒诱惑，抗拒邪恶……这是一段很漫长也相当不容易的修行……

（贵妇奈奈，台湾著名心理咨询师，专栏作家）

1

　　玛丽·费雪住在海边的一座高塔，她写许多有关爱的本质的书，但她说的都是谎言。

　　玛丽·费雪四十三岁，喜欢爱的感觉，她的身边总是有爱慕她的男人随侍，他们有时爱她到不能自拔。她偶尔也会以爱回报他们，但我想绝不会到无法自拔的程度。她是个罗曼史小说作家，她不但对自己说谎，也对全世界说谎。

　　玛丽·费雪有七十五万四千三百美元的存款在塞浦路斯一家银行里，那里的税法比较宽松。这笔存款相当于五十万二千八百六十七英镑，也相当于一百九十三万一千零九德国马克，一百五十九万九千一百一十七瑞士法郎，一亿八千五百零五万五千零五十日元，依此类推。女人的命就是如此，放诸四海皆准，无论你走到天涯海角都一样——那些已经拥有一切的，譬如玛丽·费雪，还会继续得到；而那些一无所有的，譬如我，甚至还会被强取豪夺。

玛丽·费雪的钱都是她自己赚的。她的第一任丈夫乔纳告诉她资本主义是败德的，她顺从地相信了他，否则的话她现在就会有不少实质的有价证券投资。也因此，她拥有四幢房屋，这些房产累积了不少财富——视房地产市场的行情而定——总值约在五十万至一百万美元之间。房地产，当然是要有人买，或你舍得卖，才有它的财务价值，否则一幢房屋就只是一个栖身的处所，或那些和你有关系的人所居住的地方。福气够的话，房地产能带给人祥和的心灵；如果没这个福气，它只会带给人恼怒与不满。我祝愿玛丽·费雪在房地产上没这个福气。

玛丽·费雪娇小美丽，体态优雅，很容易昏倒，动不动就掉眼泪，喜欢和男人睡觉，却又爱假装不喜欢。

我的丈夫爱玛丽·费雪，他是她的会计师。

我爱我的丈夫，所以我恨玛丽·费雪。

2

　　此刻，外面的世界扰攘不安：海潮冲击着玛丽·费雪居住的高塔底下的悬崖，潮起潮落；在澳洲，高大的橡胶树为它们的树皮剥落而哭泣；在加尔各答，数不尽的人力能量被点燃、燃烧，而后熄灭；在加州，冲浪者的灵魂与泡沫结合，在浪头的推送下进入永恒；在全世界各大城市，成群的异议分子凝聚他们的不满，将改革的种子植根在我们居住的这块黑色温床的土地上。而我却被钉在这里，深陷在我的躯体内不能动弹，怨恨着玛丽·费雪。我只能这么做，一心执著在怨恨中，怨恨改变了我，成为我的唯一属性。这是我最近发现的。

　　怨恨总比哀伤好。我高声赞美怨恨，以及它的所有能量。我高声赞美爱的死亡。

　　如果你从玛丽·费雪的高塔往陆地走，经过陡峭的砾石车道（园丁的周薪是一百一十美元，以任何货币来换算都算低），穿过迎风的、病虫害严重的白杨大道（也许这就是报应），离开她的产业，进入主要公路，穿过起伏的丘陵，下山经过一大片麦田，再继续往前走约一百公里左右，你就会来到我住的郊区和我的家：那里有个小小的绿色花园，是我和鲍伯的子女玩耍的地方。在它的东、北、西、南方共有一千多幢外观相似的房屋，我们的房子就在其中，在一处叫"伊甸园"的小区正中央。那里是市郊的住宅区，不是小镇也不是乡村，介于两者之间，绿荫扶疏、枝叶繁茂，有人还说它很美。我可以向你保证，它比孟买市区的街上更适合居住。

我知道我住在这个没有中心的郊区的中心地带，因为我花了许多时间察看地图，我必须知道我的不幸的详细地理数据。我的家与玛丽·费雪的高塔相距一百八十公里，或六十七英里。

从我家到车站的距离是一百二十五公里，从我家到商店的距离不到 1 公里。我和我的大多数邻居不一样，我不开车，我比他们笨得多，我考了四次驾照都没通过。我说，我还是走路好了，反正除了打扫屋子、擦擦地板外也没别的事。这个地方规划得有如天堂乐园，我说，能够在天堂散步，多棒啊。他们都相信了。

鲍伯和我住在夜莺路十九号，它是特别挑选的伊甸园内最好的地段。屋子很新，我们是它的第一代住户，在里面说话不会有回音。鲍伯和我有两间浴室，还有彩绘图案的花窗，我们耐心地等待树木长大，而很快地，我们就能够享有一些隐私。

伊甸园是个友善的地方，我的邻居们和我经常为彼此举办派对，我们聚在一起讨论事情，但不交换意见；我们交换情报，但不交换理论；我们靠与众不同的思维来安定自己，太通俗的思维会使人心生畏惧；太执著于回顾过去就没有现在，太过于仰望将来你会发现一成不变，而现前又必须维持平衡。最近每家的餐桌都端上肋排，中式口味，超大分量，外加一叠纸巾和一碗涮指水，有种革新的味道，男人笑着点头赞许，女人怯生生地含笑把菜端上桌。

这是美好的生活，鲍伯这样告诉我。他最近比较少回家，所以不像过去那样常说这句话了。

玛丽·费雪爱我的丈夫吗？她也回报他的爱吗？她会凝视着他的眼睛，诉说无言的爱语吗？我去过她家一次，还在地毯上摔了一跤——那是一张价值两千五百四十美元的纯开司米羊毛地毯——当时我正走向她。我的身高六英尺二英寸，对一个男人来说这种身高刚好，但对一个女人来说就不是了。玛丽·费雪的皮肤白皙，但我的皮肤黝黑，而且我的下巴突出，这是黑皮肤女人常有的现象。我的眼窝深陷，外加一个鹰钩鼻。我的肩膀宽大瘦削，但我的臀部却肥而多肉，我的一双腿肌肉发达。我的手臂，可以这么说，比起我的身材又略嫌太短。我的个性和我的外表一点也不相称，你也许会觉得，在女人生命的福袋中，我算是福薄的一个。

我在地毯上摔跤时，玛丽·费雪得意地笑了，我看到她的眼光飘向鲍伯，仿佛他们早已预料到会有这一幕。

"谈谈你的妻子。"爱过之后她会这样喃喃说道。

"笨手笨脚。"他会说，如果我运气好，他也许还会加一句："长得不美，但心地善良。"是的，假如他要为自己找借口来否定我，我想他会这样说。你不能指望男人对一个好母亲和一个好妻子忠实——这种形象无法挑起强烈的情欲冲动。

他有没有可能在罪恶感与狂喜的双重矛盾下，接着说"她的下巴长了四颗痣，其中三颗还长毛"？我想会，谁能在爱过之后躺在床上不打情骂俏、嬉笑怒骂地评定生命的价值？

但我确信有时鲍伯会以身为丈夫的立场说："我爱她。我爱她，但我和她彼此不相爱，不像我们俩这样相爱，你明白吗？"玛丽·费雪听了这句话后会点头，十分明白。

我知道生命像什么，我知道人像什么。我知道我们都会找理由来自我欺骗，同时又满怀希望，何况是一对奸夫淫妇？我有的是时间去思考这件事，当饭菜做好时，还有屋子里安静下来时，生命一点一滴消逝，你无事可做，只能猜想鲍伯和玛丽·费雪此刻是否在一起。此刻——时间是多么奇怪的东西！我想了又想，我扮演每一个角色，有时他，有时她，我感觉我是他们俩的一部分，而我是一个什么也不是的女人。然后鲍伯打电话来说他不回家了，接着孩子们放学，一种奇怪又熟悉的寂寥笼罩着屋子，像一张会消音的白色厚毛毯覆盖在我们的生命上，连猫捉老鼠的咆哮与哀鸣似乎都来自遥远的另一个世界。

鲍伯是个英俊的男人，我命好嫁给他，邻居常这么说："你命真好，能嫁给鲍伯这样的人。"然后他们的眼神又会接着暗示："难怪他常常不在家。"鲍伯身高五英尺十英寸，比我矮四英寸，比玛丽·费雪高六英寸。她的脚穿三号鞋，去年一年她就花了一千两百元又五毛在鞋子上。鲍伯和我在床上时都一个模样，他没有性无能的问题，但他都闭着眼睛。我只知道他和她上床时也闭着眼睛，但我不怎么相信，在我的想象中他不是这样。

我的看法是，"伊甸园"上上下下的其他女人比我更会对她们自己说谎，她们的丈夫也经常不在家，如果她们不说谎，又如何去面对她们的生命，如何维持她们的自尊？当然，有时连谎言也无法保护她们，常常有人被发现在车库上吊，或因服药过量，尸体冰冷地躺在她们当初结婚的新床上。爱谋杀了她们，用它自己致命的痛苦，连撕带咬，凶残地、恶意地谋杀她们。

而存活下来的却是——尤其是——那些长得丑的女人，那些全世界都怜悯的女人？这些狗，他们是这样称呼我们的。我告诉你，她们所过的日子和我是一样的，壮着胆子面对事实真相，硬起头皮对抗长久以来的屈辱，直到和鳄鱼皮一样坚韧冰冷，然后静待岁月使一切划归平等，成为好老女人。

我的母亲长得很漂亮，所以她以我为耻，我从她的眼神看得出来。我是她的第一个孩子。"你长得像你父亲。"她说。当然，那时候她已经再婚了。她很早便离开了我父亲，她鄙视他。我的两个同母异父妹妹都长得像她，细皮嫩肉，纤细标致。我喜欢她们，她们很懂得施展魅力，甚至会对我施展魅力。"丑小鸭，"有一次我的母亲几乎哭着对我说，摸着我刚硬的头发，"我们该拿你怎么办才好？你会长成什么模样？"我想，如果能够的话，她也许会爱我，但丑陋与不协调都让她反感，她没办法。她常说她不是特别针对我。但我知道她的思考模式，我明白她的意思。有时我想，我的神经末梢天生就长在皮肤外面而不是皮肤底下，它们会震颤，会喀喀作响。我在忙着补缀它们时渐渐变得迟钝而残酷，却不明白为什么。

你也可以看出，我永远无法——甚至为了我的母亲——学会含笑静静坐着不动。我的脑子像不按牌理出牌的猛烈敲击的琴键，急骤地弹着荒腔走板的音调，一刻也不能安静。她为我取名露丝，我想是为了要遗忘我的缘故，即便我刚出生不久。那是个短促、随便打发的令人伤心的名字。我的两个同母异父妹妹则分别取名为乔丝玲和米兰妲，她们都嫁得很好，后来都销声匿迹了，无疑过着无忧无虑的生活，浸浴在世人钦羡的幸福中。

3

玛丽·费雪，高塔的女主人！今天的晚餐吃什么？也许连你也不知道，也许你把它交给佣人去伤脑筋。有谁陪伴你呢？或许你有许多爱人可以选择，和你一起凝视着大片的玻璃窗外面，俯视港湾和大海；一起观看月亮升起，天空转为五彩缤纷？也许你什么也不吃，一半儿心思在食物上，一半儿心思在即将到来的爱人身上？你的命真好！但是今晚，不管来者是谁，你都等不到鲍伯了，今晚鲍伯要和我一起共进晚餐。

我会打开餐厅通往花园的落地窗，那是说，如果不起风的话。我们在车库旁边种了几株非常漂亮的、晚上会散发香气的紫罗兰，我们还镶了双层玻璃。

光是上个月，用来清洁玛丽·费雪的玻璃窗费用就花了两百九十五元七毛五分，这笔钱从塞浦路斯的银行转到玛丽·费雪的家庭会计师鲍伯的账户，而且是他在家的时候。他经常随身带着玛丽·费雪的账本。他和我在一起的时候我睡得不多，我会悄悄下床，溜进他的书房，察看玛丽·费雪的生活。鲍伯睡得很熟，他真的是回家休息的，回来补充他不足的睡眠。

我都自己清洁我家的窗子，有时个子高也有好处。

今晚，在夜莺路十九号，我们会喝蘑菇汤，吃鸡肉馅饼和巧克力慕斯。

鲍伯的父母要来。他不想惹他们生气，所以他会乖乖扮演爱家男人的角色，安静地坐在餐桌的主位——就这一次。他会看到香萝兰、蜀葵和藤蔓植物。我喜欢园艺，我喜欢掌控大自然，让一切都变得美丽。

鲍伯的事业进展得非常顺利，他变得很成功。过去他曾经在财税部做小职员，但后来辞职，不顾一切以他的退休金做赌注，投身于私人税务领域，现在他赚进了许多钱，便理所当然地把我塞在"伊甸园"的一个小角落。鲍伯在城中区有间舒适的小公寓，从这里往东再过去十五公里，距离玛丽·费雪的家也要再多出十五公里。他偶尔在那里举行派对招待客户，那里是他第一次和玛丽·费雪面对面邂逅的地方。有时工作压力大，他也会留在那里过夜，至少他是这样说的。我很少去鲍伯的公寓，或他的办公室。我都说我太忙，其实我是怕万一他那些体面的新客户看见我会让他下不了台，这一点我们俩都心知肚明。鲍伯粗俗的妻子！我敢说，如果他是个所得税收税员也就罢了，但他是私人税务专家，一个有潜力的富豪，这万万使不得。

玛丽·费雪，我希望今晚你吃的是罐头红鲑鱼，结果罐头爆炸，你也食物中毒。但这种期待是徒然的，玛丽·费雪吃的是新鲜的鲑鱼，而且任何情况下她细致的味蕾都能尝出有没有毒，即使其他粗糙的嘴都侦测不出来，她都能敏感、迅速地将那一口坏掉的食物吐出来，救自己一命！

　　玛丽·费雪，我希望今晚刮起一阵暴风雨，高塔的大片玻璃碎裂，暴风雨灌进来，你恐惧地哭泣，溺毙在暴风雨中。

　　我为鸡肉馅饼做了膨松的面皮，当我用葡萄酒杯的边缘切割出一个个圆形面团，捏出花边后，我把剩下的细长条面团做成一个酷似玛丽·费雪的模型，然后把烤箱的温度调得很高、很高，将模型放进去烤得焦黑，直到厨房充斥着一股焦臭味，连抽风机也无法消除那个味道。太好了。

　　我希望高塔失火，玛丽·费雪逃生不及，一股人肉的焦臭味飘到海上。我会亲自去放火烧了那个地方，但我不会开车，我只能让鲍伯开车载我去高塔，可是他不会再带我去了，一百零八公里，他会说太远。

　　鲍伯分开玛丽·费雪一双肌肤平滑的小脚、光滑的小腿、幼嫩的大腿，一如他的习惯，将他的手指伸进他专注的自我即将深入探索的地方。

　　我知道他对她做的和他对我做的一样，因为这是他亲口告诉我的。鲍伯主张诚实，鲍伯主张博爱。"要有耐心，"他说，"我没打算离开你，我只是和她相爱，眼前不得不这样。"爱，他说的！爱！鲍伯开口闭口都是爱。玛丽·费雪笔下所写的也是只有爱。你需要的只是爱。我想我爱鲍伯是因为我嫁了他，好女人都爱她们的丈夫，但比起恨，爱是一种苍白的情绪，烦躁不安、麻烦重重，而且招来不幸。

我的孩子们从仲夏的花园进来，一对小鸽子。男孩长得有点像我母亲，而且像她一样喜欢抱怨。女孩又高又胖，和我一样，有个充满怨气的嗓子，掩盖住太多不满的情绪。小狗和小猫跟在他们后面。天竺鼠在墙角爬着、嗅着，我刚把它从笼子里放出来。制作慕斯的巧克力在锅子里融化。这是一幅祥和的家居天伦之乐的图景，也是我们都应该感到快乐的：我们的宿命，从狂野欲望的阴沟来到有婚姻、有爱的如茵草地。

当在场的教士在我母亲的母亲的临终病床前，对她许诺永恒的生命时，我听到她说："那是你说的。"

4

　　鲍伯的母亲布兰达不动声色地在她儿子居住的夜莺路十九号外面走一圈。她天性爱捉弄人,她的儿子没有继承到她这种个性。布兰达想把她的鼻子贴在窗玻璃上给露丝一个惊喜。"喔——咿,我在这里,"她准备隔着玻璃说,"怪兽来了,婆婆来了!"她以为,这样就可以免除她在这个家庭所处的尴尬立场,让这个晚上有个好的开始,使任何可能引发的紧张情绪都能一笑解决。

　　布兰达的细鞋跟陷进平整柔软的草地,不但毁了鞋跟也破坏了草地。草坪才刚刚整过,露丝喜欢整理草坪。她可以只用一只强壮的手推动割草机,快速、轻松地把草割完。而她那些个子娇小的邻居们却只能挥汗抱怨——她们一向如此——杂草长得实在太快了,这个星期割完草,下个星期又重新冒出来,割草应该是丈夫的事才对。

鲍伯的母亲从厨房窗口望进去，蘑菇汤在锅子里滚着，只消加进鲜奶油和一点雪利酒就完成了。她赞许地点点头。她喜欢每件事都做得有条有理——只要是别人做的事。她从打开的落地窗望进餐厅，桌上摆着四人份的餐具，蜡烛插在烛台上，纯银餐盘擦得雪亮，边柜一尘不染。她满意地叹口气。露丝最会擦拭餐具，强而有力的手指轻轻一推，污垢立即消除。布兰达必须用一根电动牙刷来维持她的纯银餐具永远雪亮，这是一件费时又费工的苦差事。也因此，为了露丝擦拭银器的功力，她羡慕她。

鲍伯的母亲布兰达并不羡慕露丝嫁给鲍伯。布兰达不爱鲍伯，压根儿就没爱过。她很喜欢鲍伯，而且很喜欢她的丈夫，但那种感觉仍然飘移不定。

空气中弥漫着晚香植物的芬芳。

"她把每件事都做得井井有条，"鲍伯的母亲对她的丈夫安格斯说，"鲍伯真是幸运！"安格斯站在小路上，等候他的妻子玩笑的情绪沉淀下来，同时等候她离开窗口。布兰达穿着灰褐色的丝质洋装，手上戴着金手镯，她喜欢超时代的打扮。安格斯穿着一套棕色的格子西装和黄衬衫，打了一条蓝色的圆点领带。无论他们是贫是富，布兰达永远打扮得过于高雅，而安格斯却略显唐突。布兰达有个鼻尖上翘的鼻子和一对过大的眼睛，安格斯则有一个大大的肉鼻子和一对窄小的眼睛。

鲍伯穿着灰色西装和白衬衫，打浅色领带，脸上总是一副小心谨慎、公平无私的神情，永远在争取时间，隐藏他的权力。他的鼻子直挺有力，眼睛大小恰到好处。

布兰达望着客厅，见两个孩子正在看电视，提早吃的晚餐还没吃完仍搁在桌上。他们已经梳洗完毕准备上床，他们似乎无忧无虑，可惜举止粗鲁。然而，有露丝这样的母亲，你能期待什么？

"她真是个好母亲，"布兰达对安格斯悄声说，招手叫他靠过来欣赏，"你不得不佩服她。"

布兰达抖去沾在鞋跟上的泥土绕到洗衣房，鲍伯正从一叠干净整齐的衣服中取出一件烫好、折好的衬衫。他身上只穿一件背心和内裤，但他小时候不都是布兰达在帮他洗澡？一个母亲会怕见到自己的儿子裸体吗？

布兰达没有看见他儿子手臂上那些整齐细小的齿痕，或者她看到了，以为那是蚊子咬的。它们当然不会是露丝咬的，露丝的牙齿大又硬又不整齐。

"她真是个好妻子，"鲍伯的母亲说，几乎流下泪来，"瞧那些烫好的衣服！"鲍伯的母亲即使有能力也从不烫衣服。家中的经济状况很好的时候，她和安格斯喜欢住在旅馆，因为那里可以代客停车。"还有，鲍伯现在成为一个多么好的丈夫了！"如果她想到儿子是自恋狂，老在照镜子，她一定不会这样说。

鲍伯看着镜中清澈高贵的眼睛、智慧的眉毛和有点淤青的嘴，但他看到的不是他自己，他看到的是玛丽·费雪爱恋的那个男人。

鲍伯一边穿衣，一边在脑子里衡量做爱与金钱的价值。当他能够用会计数字来计量事情时，他会比往常更快乐。他不小气，他很愿意花钱，他相信生命就是金钱。他的父亲经常这样对他耳提面命。

"时间就是金钱，"安格斯会这样说，一面赶他儿子出门上学，"生命就是时间，时间就是金钱。"有时鲍伯必须走路上学，因为没钱坐公交车。有时他会由司机开着劳斯莱斯接送他上学。鲍伯小时候，安格斯赚了两百万美元，后来又赔了三百万美元，所以他的童年生活起起伏伏！安格斯会望着仍在学步的鲍伯用生硬的手系鞋带，对他说："你的鞋带还没系好以前，我就可以赚进一千英镑了。"

鲍伯心想，做爱的金钱价值，等于浪费的收入加上得到喜悦时所消耗的能量，再加上获得补足的创造力。一个内阁阁员的性能力，再怎么无能，都值个两百美元。一个家庭主妇的间奏曲再怎么热情，也只值二十五美元。但是和玛丽·费雪——一个高收入又热情的女人——的一次性爱，却值五百美元。和他的妻子做一次爱大概值七十五美元。不幸的是，往往次数多了价值就会递减。因此鲍伯相信，和特定的对象发生性关系的次数越多，就越不值钱。

鲍伯的母亲再一次从平整的新草坪抽出鞋跟，对丈夫招招手，两人一起朝前门走去。她往客厅望进去，一看，露丝巨大的背对着他们，正弯着腰在唱盘上挑选餐前与餐后要播放的优美曲子。

露丝直起腰来，一头撞上壁炉上方的桁木。这屋子是为个子娇小的住户设计的。

　　正当露丝的婆婆准备把鼻子贴在窗玻璃上扮鬼脸开玩笑时，露丝转身了。即使透过会扭曲形象的玻璃，仍然可以明显看出她哭过。她的脸浮肿，眼睛也哭红了。"郊区忧郁症！"布兰达对安格斯喃喃说道，"连最快乐的人也会被感染！"他们看见露丝对着海绿色天花板高举双手，仿佛在恳求某个令人恐怖的神明，乞求某种必然的天命降临。

　　"我想她今天的情绪有些低落，"鲍伯的母亲勉强说道，"我希望鲍伯有好好对待她。"于是她和鲍伯的父亲走过去坐在屋外的矮凳上，望着夜莺路上逐渐低垂的夜幕，漫无边际地谈起他们自己和他人的生活。

　　"我们给她一点时间冷静下来，"鲍伯的母亲说，"晚宴，即使只是一家人，也还是会带来很大的压力！"

　　无论遇到任何状况，鲍伯的母亲都能镇定自如，并以乐观的态度面对。谁都不明白鲍伯那种钻牛角尖、闹别扭、抱怨的个性是从哪里来的。鲍伯的父亲和妻子一样具有正向思考的能力。百分之六十六，或三分之二的时候，这种观念是合理的。假如你往好处看，事情多半会有转机，这时你就可以放手一搏。但鲍伯和他的父母不一样，他遇事不喜欢听其自然，鲍伯的野心是：生命必须要有百分之百的成功率。

　　鲍伯换好衣服了，他穿上烫洗干净的衣服，脸上毫无愧色。

当他和玛丽·费雪在一起时，这些事都交由她的管家贾西亚负责，鲍伯也视为理所当然。

"玛丽·费雪今天晚餐吃什么？"和他妻子稍早所想的一样，鲍伯也在心中这样猜想，恨不得他是他的情妇放进口中的一小块美食佳肴，啊，被她吸收，和她结合为一体！一小块烟熏鲑鱼，一小口柑橘，一滴香槟！

这些都是玛丽·费雪爱吃的美食，她会从中衍生出别的奇想。多么挑剔和不可思议的玛丽·费雪！"一小片烟熏鲑鱼，"她会说，"其实不比一大罐鲔鱼罐头贵多少，但是比它美味太多了。"

这句话半真半假，正如玛丽·费雪所说、所写的一样。

鲍伯走进客厅，看见体型巨大的妻子双手高举在半空中。

"你哭什么？"他问。

"我撞到头。"她说。他接受了这句谎言，因为他的父母马上就要到了，何况他对妻子说什么或做什么，或她为什么哭，都不再有兴趣了。他已经忘了露丝，他心中想的，和他过去几天想的一样：玛丽·费雪和她的管家贾西亚之间到底是什么关系。贾西亚将烟熏鲑鱼切成薄片，开香槟，还将底层的玻璃窗里里外外擦得一尘不染。其他家事，一些更需要男人做的家事，他却交给女佣做。贾西亚的周薪是三百元，是鲍伯的其他客户一般付给居家男仆周薪的两倍。贾西亚会端小壶咖啡给他的女主人，放在书桌上，那是一张玻璃台面的大桌子，下面是浅色不锈钢座台，玛丽·费雪就在这张书桌，用鲜红色的墨水在很薄、很薄的纸上写下她的小说。她的笔迹像蜘蛛，字很小。贾西亚身材高大、肌肉结实、皮肤黑亮又年轻，他的手指很长，鲍伯有时忍不住会猜想这双手会游走在什么地方。贾西亚二十五岁，只要看他一眼，鲍伯的心立刻起了和性有关的猜疑。

"鲍伯，"玛丽·费雪会说，"你该不会是嫉妒吧！贾西亚年轻得可以做我的儿子。"

"伊底帕斯也很年轻。"鲍伯这样回答，惹得玛丽·费雪忍不住失笑。她笑起来多么好看，她又多么爱笑，鲍伯希望只有他一个人能听到她的笑声，但他怎么可能常常和她在一起？看来别无他法，只有住在这里才能将她据为己有，确保她的贞节。但鲍伯必须赚钱，必须工作，他是两个孩子的父亲，又是一个笨拙、爱哭又惹人厌的妻子的丈夫。他既然结了婚，就必须负责到底。因此他痛苦，露丝也跟着痛苦。

在他眼中，他妻子的身材简直是巨大无比，而且自从他向她承认自己爱玛丽·费雪后，她似乎更巨大了。他问她是不是体重又增加了，她说没有，还站到磅秤上证明给他看。90公斤，还比以前轻了0.5公斤！那么是他自己多心，觉得她又胖了。

鲍伯放上一张唱片，心想或许可以掩盖妻子的哭声。他选择了韦瓦第来平复自己和妻子的情绪，《四季》。他真希望她不要哭，她究竟期待他怎样？他又从未说过爱她。或者他曾经说过？他记不得了。

露丝离开客厅，他听见烤箱门咔嗒一声打开，接着他听见一声小小的惊呼和碗盘破碎的声音。他知道——她烫到手，鸡肉馅饼掉在地上了。才不过这么短短的距离——从烤箱端到桌上！

鲍伯调高音乐的音量，进去一看，鸡肉奶油馅饼躺在油毡地板上，狗和猫已经围过来大快朵颐。他一脚将猫狗踢到花园，又把露丝推进一张椅子，叫她不要惊吓孩子——他们已经被她的举动吓到了。然后他利落地、尽可能卫生地捞起地上的鸡肉馅饼，即使看不出一个有模有样的馅饼，至少也像一个露馅的鸡肉大饼。鲍伯是基于卫生才留下薄薄一层食物在地上，他估计它大约值两块钱。

他叫猫和狗进来把地上的食物舔干净，但它们都在屋外生闷气不肯进来。它们坐在他父母身旁的墙头上，和他们一样，等待屋里的气氛改善。

"不要哭了，"鲍伯在厨房里哀求，"你干吗每件事都要这样大惊小怪？不过是我的父母来吃顿饭，他们又不要求你如此煞费周章，简简单单吃顿饭他们就很满足了。"

"不，他们才不。但我哭不是为了这个。"

"那是为什么？"

"你明明知道。"

啊，玛丽·费雪。他早就知道了，但他还是强词夺理。"当年我跟你结婚时，你该不会期待我绝不再去爱别人吧？"

"这正是我的期待，每个人都会这样期待。"

"但你和她们不一样，露丝。"

"你的意思是我是个怪胎？"

"不，"他谨慎地、友善地说，"我的意思是，我们都是单独的个体。"

"但我们结婚了，所以我们是一体的。"

"我们的婚姻充其量只能说是一种方便，亲爱的，我想当初你我都有这个共识。"

"只是对你方便而已。"

他笑起来。

"你为什么笑?"

"因为你的思想迂腐，你说的是陈腔滥调。"

"玛丽·费雪就不会?"

"当然不会，她是一个有创意的艺术家。"

两个孩子，安迪和妮可，出现在厨房门口。安迪瘦小，妮可高胖，两人似乎投错胎，他比她更多了几分女孩的秀气。鲍伯总是责怪露丝把孩子养成这样，他觉得她是故意的，他的心常为此滴血。孩子们变得非常神经质，每天都活在痛苦中，他但愿没有生下他们，虽然他也很爱他们。他们夹在他和玛丽·费雪中间，他曾经做过奇特的梦，梦中他们都有令人遗憾的下场。

"我可以吃一个甜甜圈吗?"妮可问。面对家庭危机时，她的反应是要求吃东西，她的体重已经严重超重。可以预期的是她的父母一定会异口同声说"不可以"，而这样的答复将能制造反刺激效果，使她的父母不再继续苦恼下去，他们会忙着叱责她而忘了彼此互斗。也许这是她的想法——错误的想法。

"我被一根刺扎到，"安迪说，"看，我跛脚了！"

他表演给他们看，从地上那一摊食物踩过去，一路跛行到客厅，把酱汁印在地毯上。那是秋香绿的地毯，和鳄梨色的墙壁及海绿色的天花板搭配得恰到好处。鲍伯估计那些油腻的脚印会使清洁费增加三十元，看来年度大扫除时，这张地毯恐怕得送去做特殊处理，而不只是一般清洁了。

在屋外等候的安格斯与布兰达觉得此刻露丝的情绪应该已经平静了，他们离开墙边，沿着花园小径走到前门，按下电铃。叮——咚！

"拜托别在我父母面前让我下不了台。"鲍伯哀求。露丝一听哭得更厉害了，她用力抽泣，宽大的肩膀不住颤动，连她的泪珠似乎都比别人的更大、更多。鲍伯心想，玛丽·费雪的泪珠又小又好看，但表面张力比他妻子的强多了，在开放的婚姻市场上自然价值更高。要是能有这种交易，他会立刻把露丝卖掉。

"进来，"他对站在门口的双亲说，"进来！真高兴见到你们！露丝刚刚在切洋葱，有点泪汪汪的。"

露丝跑进她的卧房。玛丽·费雪跑起来脚步轻盈，露丝跑起来重心从一只巨大的脚掌移到另一只巨大的脚掌，整栋屋子随着她的脚步而震动。"伊甸园"的房屋不但是专为个子娇小的人设计的，也是为体重较轻的人设计的。

5

　　在玛丽·费雪的小说中——她的小说有华丽灿烂的烫金封面，已经售出数万册——娇小玲珑、意志坚定的贞节女主角泪眼婆娑地抬头望着英俊的男子，献身于他们，同时也掳获他们的心。娇小玲珑的女人可以抬头仰望男人，但六英尺二英寸高的女人没办法。

　　我告诉你，我嫉妒！我嫉妒开天辟地以来每一个能仰望男人的娇小美丽的女人。说老实话，我嫉妒得发狂，这是一种美好、强烈、饥渴的情绪。但你问：为什么我这么在意？难道我不能真实面对自己，把我那一部分的生命遗忘，满足于现状？我不是有个家，有个丈夫帮我支付账单，有孩子需要照顾？这还不够吗？答案是："不！"我要、我渴求、我迫切地想要加入那个情欲世界，我也要选择，要欲望，要情色。我要的不是爱，没那么简单。我要的是拥有一切而不回报，我要的是控制男人的心和荷包的能力。这是我们都可以拥有的能力，在"伊甸园"，在天堂，但是我连这个能力也被剥夺了。

我站在我的卧室内，我们的卧室，鲍伯和我的卧室，努力让我哭肿的脸恢复正常，好面对我的婚姻责任，以及身为妻子、母亲和媳妇所应尽的义务。

为此，我复诵一篇《好妻子连祷文》，它的内容是这样的：

> 为了息事宁人，我不快乐的时候也必须假装快乐。
>
> 为了息事宁人，我不可以为我的态度提出辩解。
>
> 为了息事宁人，我必须为自己有遮风避雨的地方可住、桌上有食物可吃而心存感激，并且以每天打扫、做饭、整天忙碌来回报。
>
> 为了息事宁人，我必须把丈夫的父母当做我的父母，把我的父母当做他的父母。
>
> 为了息事宁人，我必须认同一个原则，即在外赚钱最多的人，在家也一样享受最多的权利。
>
> 为了息事宁人，我必须增强我的丈夫在房事方面的信心，不管是私底下或公开，我都不可以对别的男人表达任何兴趣。即使他当众称赞比我年轻、漂亮，比我成功的女人，甚至私下和她们上床，我都不能大惊小怪。
>
> 为了维系婚姻，我必须对他的所作所为予以道义上的支持，不论这些行为是否失德。我必须在一切事项上假装他最重要。

为了息事宁人，无论贫富贵贱，我都必须爱他，并且不能动摇我对他的忠贞。

但这篇连祷文起不了作用，它不但不能安抚我，反而更激怒我。我的心意动摇，我的忠诚转向！我省察自己，看到的是怨恨。是的，怨恨玛丽·费雪，炽热的、强烈的、甜蜜的怨恨，但这种甜蜜不带一丁点爱，也没有丝毫爱的纠缠。我已经摆脱了我对鲍伯的爱！我奔上楼，为爱而哭泣。但我会再奔下楼，不爱，也不哭泣。

6

"她为什么哭?"当露丝惊天动地奔上楼时,鲍伯的母亲布兰达问, "是不是大姨妈来了?"

"大概是吧。"鲍伯说。

"当女人就是这点讨厌。"布兰达说。安格斯微微咳一声,为话题改变而感到尴尬。

不久后露丝下来了,面带笑容,为大家上汤。

从鲍伯第一次见到露丝迄今已十二年,她是安格斯公司的一个打字小姐。安格斯经营文具事业,刚刚赚进第二个百万,后来政府实施加值税,把他剥削到一文不名。安格斯和布兰达当时住的是自己的房屋,不是旅馆,鲍伯很喜欢这幢房屋,但他离家在外进修,会计师执照考了许多次,以至于他这个儿子(永远是儿子)颇不寻常地依赖着父亲多年。

露丝是个勤奋的好帮手,做事专心,从不照镜子,甚至尽可能避开镜子。才十多岁，她就已经离开家独立。她的卧室必须让出来给他的继父陈列组合的模型火车。她不能和模型火车共处一室，因为她笨手笨脚，而火车模型又是精致敏感的装置，两者中必须有一个退让，而露丝退让会比火车容易，因为要调整好火车轨道需要花上数月的时间，一个年轻女孩则哪里都能住。

于是露丝住进一间廉价旅馆，那里还住着许多商店的女售货员，特别是身体轻盈、家教良好的少女，她们纤细的腰带还不够系露丝的一条大腿。

少小离家是件令人伤感的事，但大家心里都明白，包括露丝，她已经大到家里容不下她了。她不想大惊小怪。她以前上的学校是一间女修道院，由一群迷信多于知识的修女负责管理，学校课程主要是教授女性应该具备的优雅体态和家庭管理，除了速记之外，没有其他考试。这种训练旨在鼓励坚忍克己，压抑自私的情绪和为引起注意而流泪。

露丝的同母异父妹妹米兰妲与乔丝玲在圣马莎女校的表现十分优异，特别是跳希腊舞。她们在学期终了时的演出格外受瞩目。露丝的表现也不差，尤其是在搬道具方面。"你看，"修女们说，"每个人都有他的存在价值，在上帝奇妙的造化中，人人都有他的立身之地。"

露丝搬进廉价旅馆后不久，她的母亲便离家出走，也许是被愈来愈多的火车模型逼得忍无可忍，或因为丈夫的注意力始终专注在他昂贵的嗜好上而缺少"性"趣，或者是——露丝的想象——女儿离家，母亲总算自由了。总而言之，露丝的母亲和一名采矿工程师私奔到远在地球另一边的澳洲西部，并且带着米兰姐与乔丝玲。露丝的继父现在和一个对他期望较低的女人同居，他们不觉得露丝有什么特别的理由必须去探望他们，毕竟，露丝和他们没有任何血缘关系，更谈不上是远亲。

布兰达从安格斯口中得知这些事，对露丝生起同情心。

"她需要帮助！"布兰达说。

每当布兰达在早上、傍晚或午餐时间打电话到公司时，都是露丝接的电话，礼貌、不慌不忙、高效率。其他女孩上班时间总是忙着逛街买小围巾、耳环、眼影，等等（难怪安格斯老是破产），唯有露丝不会。

"我以前也曾经是个丑小鸭，"布兰达对安格斯说，"我懂她的心情。"

"她不是个丑小鸭，"安格斯说，"丑小鸭会变成天鹅。"

"我想，"布兰达说，"这女孩需要一个家，这是她一生中的转折点，她可以住在我们家，我可以协助她发挥她的优点，她下班后也可以帮忙做饭、打扫来回馈，何况我的确需要一个人来帮忙烫衣服。当然，她也可以付房租，她是个很有自尊的女孩，或许可以付三分之一的薪水。"

"家里没有多余的房间。"安格斯说，他们居住的房子很小，所以他们觉得很舒服。但布兰达说鲍伯在大学住校，学期间他的房间是空的。

"这是不对的，"布兰达说，"房间空着不用，那种感觉很不好。"

"你住惯旅馆了，"他说，"你的想法开始像旅馆经理。不过我懂你的意思。"

布兰达和安格斯都一致认为，但是不愿说出来，鲍伯的童年太长，他对家庭的倚赖太久，事实上，是过久了一点。他的房间应该可以空出来供他们随意使用。做父母的不可能养孩子一辈子，假如他们要利用那个房间，露丝是个很好的对象。"鲍伯可以睡在沙发上，"布兰达说，"沙发很舒服。"

当鲍伯回来过圣诞节时，发现他必须以沙发当床，既惊讶又气愤，他还发现他以前的旧书被移走，橱柜腾出来装露丝破旧的平底鞋。

"对待露丝像个妹妹，"布兰达说，"你未曾谋面的妹妹！"

但鲍伯和一般独生子一样，对兄妹乱伦存有一丝幻想，他母亲这句话理所当然成为他实现幻想的借口，于是他在夜深人静时偷偷爬上他自己的床铺。比起又硬又冷又窄的沙发，露丝像一大块温香的软玉。他喜欢她，她从不取笑他，或嘲笑他的性技巧太差，不像鲍伯当时爱得火热的奥德丽·辛格。鲍伯觉得他会攀上露丝这座巨大、顺服的山，是奥德丽活该。

这是最激烈的性爱自杀手段。

"瞧你干的好事！"他在心中对奥德丽说。

"瞧你把我逼到什么人身上！露丝！"

"看吧，"他一石二鸟，也在心中对他母亲说，"这就是你把我赶出房间、赶出我的床的后果，不管谁住在里面，我终究还是会爬回去。"

露丝对这种安排自是再快乐不过。她谨守着这个秘密不让人知道，痛苦一扫而空，她感觉自己就和普通人一样，只是高了点，不过反正躺着也没有人会注意到。当她继父的新婚妻子来电话问她过得好不好时，她实话实说，说她好极了，这句话总算使这对心怀愧疚的夫妻得以安心地将她遗忘。同时露丝的母亲也来信说，这将是她最后一次写信给她，因为她的新婚丈夫希望她能将过去永远抛在脑后，而且他们现在信了一种新的宗教，做妻子的要完全顺从丈夫。露丝的母亲在信中说，这样的顺从能使心灵祥和。她祝福她（大师也祝福她，因为她获准和大师谈到露丝，大师是神在人间的代表，如同妻子是丈夫的代表一样），并且很高兴露丝现在已经长大，能够自力更生。她比较担心米兰姐和乔丝玲，她们还小，但大师告诉她一切都会很顺利。这是一封充满爱的诀别信。

"我们的父母，"鲍伯说，"都是被派来试炼我们的！"他喜欢露丝依赖他，喜欢她深邃明亮的黑眼睛跟着他的身影转。他爱跟她睡觉，她是一处温暖、黑暗、永恒的避难所，而且万一灯亮了，他可以把眼睛闭上。

"说不定他们会结婚，"布兰达对安格斯说，"然后两个都搬出去。"

布兰达没有想到露丝很耗热水，特别是洗澡的时候。在旅馆里，热水是免费的，至少感觉上是免费的。

　　"我不认为，"安格斯说，"像鲍伯这样的男孩结婚得睁大眼睛，要顾虑到金钱和人脉。"

　　"这两样我都没有，"布兰达说，"你还不是娶了我！"于是他们互相亲吻，渴望年轻的下一代可以赶快让他们独处。

　　鲍伯返回学校，通过了最后的会计师考试，回家，接着又染上肝炎。同时露丝发现她怀孕了。

　　"他们必须结婚，"布兰达说，"我太老了，没力气照顾病人。"鲍伯生病期间，露丝睡在沙发上，把沙发的弹簧压坏了。

　　"结婚？"鲍伯说，他吓坏了。

　　"她是女人中的好女人，"布兰达说，"如果没有她，我真不知道你父亲该怎么办。她做事有效率，负责任，而且善良。"

　　"可是人家会怎么说？"

　　布兰达假装没听到，公开招贴出售房屋，她和安格斯再搬回旅馆，这样鲍伯就能自立了。不久奥德丽·辛格宣布和别人订婚，鲍伯灌下半瓶威士忌，肝炎复发，后来在露丝怀孕五个月时娶了她。肝炎是一种会令人沮丧和衰弱的疾病，鲍伯当时觉得母亲的想法似乎是对的，这个妻子和那个妻子没有两样，露丝最大的优点是她永远在身边。

　　露丝穿了一袭白缎结婚礼服去婚姻公证处，鲍伯才发现也许他的想法错了，这个妻子和那个妻子可差多了，他觉得旁人好像都在窃笑。婴儿出生后不久，露丝又怀孕了。

后来鲍伯坚持露丝应该装避孕器，并且开始向外寻找更适合接受他的情感与过剩精力的对象。肝炎的效应消退后，他轻而易举找到她们。他不喜欢说谎，也不喜欢伪善，因此他会告诉露丝他接下来要怎么做，以后会有什么发展——如果他有把握的话。他也告诉她，她有性爱实验的自由。

"我们的婚姻将会是开放的。"结婚前他就这样对她说。当时她怀孕四个月，仍在害喜。

"当然，"她说，"那是什么意思？"

"我们俩都会过得很充实，永远对彼此诚实。婚姻必须用来辅助我们的生活，而不是束缚它。我们必须视之为一个起跑点，而不是终点。"

她点头同意。有时为了防止害喜呕吐，她会用手捂着嘴。现在她又这样了，就在他谈到个人自由的时候，他真希望她不要这样。

"真爱不是占有，"他对她解释，"不是我们这种家庭性的、一成不变的爱。人人都知道，嫉妒是一种心胸狭窄、卑鄙的情绪。"

她同意后立即冲进浴室。

不久，他惊讶地发现，一想到要向妻子报告，他的性爱实验的乐趣居然大增。他站在他的躯体外见证这些情欲事件。由于能够和露丝分享，刺激感就更大了，而该负的责任也相对减少。

他们两人都明白，错在于露丝的身体，问题在于她，而不是他。他被迫娶她，这是一桩错误的婚姻，他会对她尽丈夫的基本责任，但他一定会不安于室，露丝心里也明白。

但他的父母似乎期待他忠实、和善，就像安格斯对待布兰达，和布兰达对待安格斯一样。他们视鲍伯与露丝为门当户对的夫妻，而不是意外结合的配偶。

露丝把婴儿车推到公园，让他们高高兴兴地舔冰淇淋，她自己阅读罗曼史小说——其中就有玛丽·费雪的小说。鲍伯则优游于他自己的天地中。

他们搬进"伊甸园"后不久，鲍伯在他举办的派对中从拥挤的人群一眼看到玛丽·费雪，她也看见他，便说——

"让我成为你的客户。"

他说——

"一言为定。"

于是鲍伯的过去逐渐淡化，甚至包括奥德丽·辛格带给他的痛苦与狂喜，一切以现在为重，未来则充满美好与危险的神秘。

一场婚外情于焉展开。派对结束后，鲍伯与露丝送玛丽·费雪回家。玛丽·费雪急着参加派对，将她的劳斯莱斯任意停在路边，阻碍了交通，就在她与派对主人眉来眼去之际，警察把她的车拖走了。

她说，明天一早她会派她的管家贾西亚去把车开回来，又说，不知鲍伯和露丝能否让她搭个便车，因为他们家就在她回家的路上。

"当然，"鲍伯说，"当然。"

露丝以为玛丽·费雪是说她家在他们回家的路上，但是当鲍伯把车开到伊甸大道和夜莺路口让露丝下车时，她这才明白她弄错了。

"至少也要送她到门口。"玛丽·费雪以露丝永远无法释怀的纤尊降贵的态度抗议，但鲍伯笑着说："我想不会有人要强暴露丝，是吧，亲爱的!"

露丝顺从地说："我不会有事的，费雪小姐。我们住在巷底，晚上回车困难! 何况小孩在家，我们又没请保姆，我真的得尽快回去。"

但他们根本没有在听她说话，于是她从后座下车——玛丽·费雪坐在前座，鲍伯旁边——门还没关，她便听见玛丽·费雪说："你一定不会原谅我，我住的地方离这里很远，几乎到海边。事实上，就在海边。"鲍伯说："你以为我不知道?"然后车门关上，露丝站在黑暗中眼看着汽车扬长而去，艳红的后车灯射入黑暗。鲍伯从来没有这样载送过她，轰，轰! 猛踩油门。她也从来不给鲍伯带来任何不便，从不要求顺路送她去哪里，或开车送她去办事，如果她提出要求，他一定小题大做。玛丽·费雪为什么敢这样? 她这种冒昧的举动又为什么会迷惑他，而不会冒犯他? 搭便车去海边，却叫露丝冒雨下车，连让鲍伯耽搁个十五秒都不能。

她回家想这件事，彻夜不能成眠。鲍伯当然没有回家。天亮后露丝对孩子们大声叫骂，然后又告诉自己把气出在他们身上是不公平的，于是她自我控制，等家中恢复平静，她独自在家时，一口气吃了四个杏桃果酱小蛋糕。

第二天鲍伯很晚才回家，而且晚饭没吃就直接上楼倒头便睡，直到次日上午七点才醒来，一开口便说："现在我终于领略什么叫爱了。"他起床梳洗，对着镜子照了很久，仿佛看到全新的自己。第二天晚上他又出门，从那以后，他每个星期总有两到三天不在家。

有时他会说他工作到很晚，留在城里过夜；但有时，如果他非常疲倦，或兴高采烈，他会坦承他和玛丽·费雪在一起，然后他会谈起晚餐的客人——名人、有钱人，连露丝都听过的名字——以及晚餐吃些什么，还有那个机智、迷人、淘气的小东西玛丽·费雪说了些什么，以及她穿的衣服，甚至后来他终于可以把它们都剥光时她的模样……

"露丝，"他会说，"你是我的朋友，这件事你一定要祝福我。生命太短促，不要嫉妒我这段经验、这段爱。我不会离开你，你不要担心，你不会被抛弃，你是我两个孩子的母亲。你要忍耐，它总有一天会过去，如果它伤害了你，我很抱歉，但至少容许我和你一起分享……"

露丝微笑，听他说，耐心等待，但是它没有成为过去。安静下来时她会想女人为什么这么不懂得替别人的妻子着想。

"哪天，"她说，"你一定要带我去参加高塔的晚宴，你的妻子始终没露面，他们不会觉得奇怪吗？"

"他们和你不同类，"鲍伯说，"他们都是作家、艺术家之类的，而且这年头有分量的人都不结婚的。"

但他想必传话给玛丽·费雪了，因为露丝被邀请去高塔做客。除了她之外只有两位客人，当地的律师和律师的妻子，而且夫妻俩年纪都很大。玛丽·费雪说其他客人都临时取消出席，但露丝不相信她说的话。

鲍伯竭尽所能阻止玛丽·费雪邀请露丝参加，但没有成功。

"假如她是你生命的一部分，亲爱的，"玛丽·费雪说，"我要她也成为我生命的一部分。我要好好见见她，而不只是看到你三更半夜扔在路口的那个人，我小说中的女主角绝对不会容许这种事发生！我告诉你我要怎么做，我们要使它像一场正式的晚宴，而不是一顿随便的晚餐。"

有时鲍伯会问玛丽·费雪为什么爱他。玛丽·费雪说，因为他是爱人兼父亲，禁忌与许可合而为一，再说，爱情神秘难解，一切都是丘比特的意思。为什么他想知道那么多，难道他就不能单纯地接受？

鲍伯答应了。露丝出席晚宴，但因摔了一跤而面红耳赤，长在她上唇与下巴的毫毛在灯光下清晰可见。她把葡萄酒打翻在桌布上，又说了不该说的话，让人既吃惊又尴尬。

"你不觉得，"她对律师说，"警察越多的地方犯罪率越高？"

"你是说，"律师说，"警察越多的地方犯罪率越低，那当然。"

"不，完全不是这样。"露丝激动地说，奶焗菠菜蛋吉士派随着口沫流下她的下巴。鲍伯只好在桌子底下踢她一脚叫她闭嘴。

有时鲍伯觉得露丝疯了，她不仅外表和别人差异很大，你甚至不能指望她的行为和别人一样。

鲍伯担心玛丽一旦正式见过露丝后，恐怕会就此对他逐渐冷却下来。只要是与不愉快和不幸福的事有关，对谁都没有好处。爱、成就、精力、健康、快乐，自成一个紧密的环扣，它们会相互干预，也会相辅相成，但是会相互平衡。一根轮辐改变，整个机器就可能受到干扰而停止运转。好运是多么容易受噩运的牵累！现在他爱上玛丽·费雪了，他爱玛丽·费雪，他爱玛丽·费雪，他的父母来吃晚饭，他的妻子哭个不停，找他麻烦，还把菜摔在地上，他一点儿也不喜欢她。露丝阻挡了他的快乐，毫不留情地报复！打从他们结婚迄今，还有比这更充满恶意的吗？

鲍伯曾经对玛丽·费雪说过："玛丽，你和有妇之夫发生婚外情，难道一点也没有罪恶感？"

玛丽·费雪说道："我们这算婚外情吗？"他吓得一颗心怦怦跳。她又说："我以为应该不只是一段婚外情，它给人的感觉超过婚外情！它给人的感觉像永恒。"他听了高兴得说不出话来。她又接着说："罪恶感？不，爱不是我们能掌控的，我们相爱，这不是谁的错，不是你的错，也不是我的错。我想，正因为露丝没有任何期待，所以她永远得不到任何东西。我们不能因为她天生缺乏乐趣就剥夺我们的生活乐趣。你出于善心而娶她，我就爱你这一点，但现在，我的爱，你要对我好，你要和我住在一起，在这里，现在，直到永远！"

"那孩子们呢？"

"他们是露丝的皇冠与珠宝，是她的慰藉，她太幸运了。我没有孩子，我只有你。"

她说出他想听的话，让人神魂颠倒的话。现在他坐在郊区的一张餐桌旁，旁边还有他的母亲、父亲。他心中想着自己的过去，想着玛丽·费雪，想着她多么需要他，他渴望他们的将来。然后露丝终于端着汤锅进来了。

露丝端着汤强颜欢笑，她的公婆平静、愉快地望着她，满心期待。露丝的一双眼睛则盯着蘑菇汤里灰色泡沫上的三根狗毛。这是一锅浓稠美味的蘑菇汤，她又多加了一些奶油用搅拌机重新打过。

那只狗的名字叫哈尼斯，是安迪八岁时鲍伯为他买的生日礼物，平时都是露丝在照顾它。哈尼斯不喜欢露丝，它视她为巨人，违反大自然万物的法则。它接受她喂给它的食物，但偏要睡在她不准它睡的地方，喜欢躲在橱柜底下，喜欢啃家具，如果把它放在它不喜欢的地方，它便叫个不停。它会掉毛，会偷吃东西，狼吞虎咽地吃奶油———一旦被它找到的话———吃完又立刻吐出来。鲍伯星期日在家的时候，喜欢牵着哈尼斯去公园散步，安迪也会去，父子俩快快乐乐地享受这平凡而舒适的天伦之乐。露丝则留在家里，拿着装电池的特殊吸尘刷，这里、那里地清理沾在布上的狗毛与猫毛。她不喜欢哈尼斯。

"别让汤凉了，露丝。"鲍伯说，仿佛这是她的习惯。

"有毛!"露丝说。

"它是一只干净的乖狗，"布兰达说，"我们不介意，是吧，安格斯?"

"当然。"安格斯嘴上说，心里其实很介意。鲍伯小时候老是吵着要养狗，安格斯总是拒绝。

"你就不能让狗离汤远一点吗?"鲍伯问。这句话说错了，话一出口他立刻知道他错了。他并非有意要对露丝说"你就不能"这样的话，但每当他看她不顺眼时，这样的话便不知不觉脱口而出，这种现象最近常常发生。

露丝眼中现出泪光，她端起汤锅。"我去沥干净。"她说。

"好主意!"布兰达说，"这样就没事了。"

"快点把汤端回来，"鲍伯大声说，"别傻了，露丝，又不是什么大不了的事，不过是三根狗毛，挑出来就是了。"

"可是，它说不定是天竺鼠的毛，"露丝说，"它在衣橱底下钻来钻去。"孩子们的宠物中，她最不喜欢这只天竺鼠，它的肩膀总是拱得高高的，两颗深邃的眼睛，它让她想起自己。

"你累了，"鲍伯说，"你一定累了，否则你不会这样胡说八道。坐下。"

"让她把汤沥一下吧，亲爱的，"布兰答说，"如果她想的话。"

露丝已经走到了门口，却又立刻转回来。

"他根本不在乎我累或不累，"露丝说，"他再也不关心我了。他满脑子想的都是玛丽·费雪，你知道，就是那个作家。她是他的情妇。"

鲍伯为这番鲁莽的言语和她的不忠而震惊，但同时也感到高兴。露丝这个人不可信任，他早就知道了。

"露丝，"他说，"你把我父母卷进我们的家庭问题，这对他们非常不公平，这件事和他们没有关系，拜托你对无辜的旁观者有点同情心好不好。"

"这当然和我有关，"布兰达说，"你父亲从来不做这种事，我不知道你是从哪里学来的。"

"请你尊重我的隐私，妈，"鲍伯说，"看我过的是什么样的童年，你实在不该发表任何意见。"

"你的童年又怎么了？"布兰达问，微微涨红了脸。

"你母亲说得对，"安格斯说，"我想你应该向她道歉。不过，话说回来，布兰达，我想你应该让年轻人自己解决他们的问题。"

"爸，"鲍伯说，"就是你这种态度，才让我有一个任何孩子可能会遭遇到的最可怕的童年。"

玛丽·费雪最近才向他分析他不快乐的根本原因。

"我从没让你母亲不快乐过，"安格斯说，"随便你怎么说，但我从未蓄意伤害任何女人。"

"这么说，"布兰达说，"你是无意中伤害啰。"

"女人就是喜欢胡思乱想。"安格斯说。

"尤其是露丝，"鲍伯说，"玛丽·费雪是我最好的客户之一，我运气好才能有这样的客户，当然会珍惜。她不但是个有创意的人——她才华横溢——而且我喜欢把她当朋友，但咱们的露丝老是疑神疑鬼！"

露丝看看她的公公，看看她的婆婆，再看看她的丈夫，手上的一锅蘑菇汤掉在地上，汤汁从锅子里流出来，渗进地毯。孩子们和家中的动物都被新的灾难所发出的声响吸引，跑过来看。露丝觉得哈尼斯在笑。

"也许露丝应该出去找个工作。"安格斯说。他跪在地上，用汤匙把汤舀进一个碗，但他的动作没有地毯吸收的速度快，因此他把汤匙用力压进地毯，挤出珍贵的灰色汤汁。"让自己忙一点，就不会胡思乱想了。"

"找不到工作。"露丝说。

"胡说，"安格斯说，"任何人真的有心找工作，一定会找到。"

"才怪，"布兰达说，"现在又遇到通货膨胀、不景气等等的……你该不会要我们吃那个吧，安格斯?"

"不浪费，不强求。"安格斯说。

鲍伯真希望和玛丽·费雪一起逃得远远的，听她泡沫似的笑声，握着她白皙的手，把她的手指一根根含在他的嘴里，直到她的呼吸开始急促，用粉嫩粉嫩的舌头舔她自己的嘴唇为止。

妮可一脚把那只叫梅西的猫踢开，它直直走到壁炉蹲下，酝酿它的报复。布兰达唉声叹气，指着梅西。哈尼斯兴奋过度，跳到安迪身上做出发情的猥亵动作。露丝只是站着，巨大的身躯袖手旁观，鲍伯再也按捺不住了。

"看我过的什么生活！"他大吼大叫，"总是这样，我老婆到处惹是生非，破坏了每一个人的快乐！"

"你为什么不爱我？"露丝哭着说。

"一个根本不可爱的人，"鲍伯大叫，"我怎么去爱？"

"你们两个的情绪都太激动了，"安格斯说，放弃手上的动作，任由地毯把汤汁吸光，"你们工作太辛苦。"

"女人的工作是很辛苦，"布兰达说，"两个成长中的孩子！你小时候也很难带，鲍伯。"

"我好带得很，"鲍伯大叫，"你只是不愿意花时间照顾我。"

"好了，布兰达，"安格斯说，"少说点比较好，我们出去吃吧。"

"好主意，"鲍伯大叫，"因为我老婆早已把你们的主菜扔在地上了。"

"控制你的脾气，"布兰达说，"在洛杉矶有人专盖没有厨房的屋子，因为没人愿意做饭了。他们的想法是对的。"

"可是我花了一整天做这顿饭，"露丝啜泣说，"现在没人要吃了。"

"因为不能吃啦！"鲍伯大声说，"为什么我老是遇到不会煮饭的女人？"

"我明天早上再给你电话，亲爱的，"布兰达对露丝说，"你好好洗个澡，睡个好觉，明天就会觉得好些了。"

"我永远不会原谅你对我妈这么粗鲁。"鲍伯冷冷地对露丝说，故意让他母亲听到。

"你不要全怪到她身上，"布兰达老练地说，"粗鲁的是你，不是她。而且我的烹饪手艺好得很，我只是不想做。"

"维持婚姻不容易，"安格斯说着穿上他的外套，"它就像为人父母，一定要好好经营。当然，这通常要由一方来负责。"

"可不是！"布兰达语意深长地说，一边戴上手套。她的心思不怎么集中，她忘了在她右胁下擦止汗剂，此刻她的漂亮上衣右臂底下已经出现一块深色的汗渍。她的眼光斜睨向一边。

"看你干的好事，"鲍伯转头对露丝说，"你害我父母吵架了！你只要看人家快乐就忍不住要破坏，你就是这种女人。"

布兰达和安格斯走了，他们并肩走在小路上，但是彼此没有碰触。家庭纷争会传染，幸福夫妻都应该尽量避免不愉快的事发生。

露丝进入浴室把门锁上。安迪和妮可从冰箱取出巧克力慕斯分着吃。

"如果我去找玛丽，那都是因为你活该，"鲍伯从钥匙孔对露丝说，"你今天晚上的表现太恶劣！你气走了我的父母，你害你的孩子难过，你也害我生气，连宠物都受影响。我终于看清你的真面目了，你是个三流的人，你是个坏母亲，一个更坏的妻子和一个差劲的厨子。事实上，我不认为你是个女人，我认为你根本就是个魔女!"

　　他说这句话时，似乎感觉到门内的沉默在本质上起了变化。他想，或许是他这句话震撼了她，她定会向他屈服、道歉。但尽管他再怎么用力敲门、捶门，她就是不肯出来。

7

原来如此，我明白了，我本来以为我是个好妻子，一直在隐忍、体谅，然而不是，他说我是个魔女。

我但愿他的看法是对的，因为现实中，他在世间如此成功，而我一事无成，我一定得假设他是对的。我是个魔女。

但这太好了！太叫人欣喜若狂了！如果你是个魔女，你心中的阴霾便立刻一扫而空，精神大振，你不会觉得丢脸，不会有罪恶感，不必竭尽所能试图做个好女人。你的心里只有你"要"这件事，我可以随心所欲夺取我要的东西，因为我是个魔女！

可是，我要什么呢？这当然会有点困难，大多数人都是如此，一辈子在这个症结点上摇摆不定、犹豫不决。不过，对魔女来说，这肯定不是问题。疑虑只会使好人备感痛苦，坏人不会。

我要报复。

我要权力。

我要金钱。

我要被爱但不去爱人。

我要以恨为出发点，我要用恨来驱除爱，我要跟随恨的引导：一旦我以恨为出发点达成目标，我便能随心所欲操纵它。

我望着浴室镜子中我自己的脸，我要看它有什么不同。

我脱掉衣服，赤裸裸站着，我看，我要改变。

对魔女来说，没有什么不可能的。

蜕去妻子、母亲的外壳，找出那个女人，她就是魔女。

太好了！

耀眼明亮，那是我的眼睛吗？如此熠熠生辉，把房间都照亮了。

8

随着安格斯和布兰达消失在薄暮中，他们所带来的舒适、欢乐的气氛也一扫而空。孩子们大口吃着最后一块巧克力慕斯，小猫梅西把泡在汤汁里的地毯啃得差不多了，小狗哈尼斯把它在隔壁吃的鳄梨慕斯吐在厨房桌子底下。露丝把自己锁在浴室里，重塑自我性格。鲍伯收拾他的公文包，那是一只棕红色真皮镶铜边的公文包，重得出奇。

"你要去哪里？"露丝从浴室出来，问道。

"我要离开你，搬去和玛丽·费雪住，"鲍伯说，"直到你学会礼貌。我不能忍受今晚发生的事，也不能忍受你的无理取闹。"

"多久？"露丝问，但鲍伯懒得回答她。"为什么？"她问，"我是说，这到底是为什么？"但她其实早就知道答案了。因为玛丽·费雪身高五英尺四英寸，自立自主，没有孩子的拖累，也许除了一只美冠鹦鹉外没有别的宠物。她也不会高举双手做无语问天状，而且带得出去，不会给他丢脸。更别提淘气的小玛丽·费雪在鲍伯肉体上所激发的力量与爱的神秘。

"那我怎么办?"露丝问。这句话脱口而出进入宇宙，加入当天地球上同样遭丈夫遗弃的无数妻子们脱口而出的那句"那我怎么办"的阵容。那些女人来自韩国、布宜诺斯艾利斯、斯德哥尔摩、底特律、迪拜、塔什干——但不包括中国，在那里，抛妻弃子会被判刑。这个疑问的声浪不会止息，它会永远传播下去。我们的字句是不朽的，我们微弱而徒劳的哀诉永远环绕着宇宙。

"你怎么办?"鲍伯说，这个问号永远没有答案。"我会寄钱回来。"鲍伯好心地说，继续打包他的衬衫。它们被烫得笔挺，又折叠得整整齐齐，他收拾起来一点也不费力。"你不会觉得我在与不在有什么差别，我在的时候你一点也不在意我，更不在意孩子。"

"邻居会知道，"露丝说，"就算他们很少和我讲话，早晚也会发现，他们会认为我们家遭到不幸。"

"这不是不幸，"鲍伯说，"完全是你的行为所造成的后果。无论如何，我想我很快就会回来。"

她不相信，因为他连绿色帆布大行李箱也带走了，还有他在特殊场合才会打的领带。

然后他走了，抛下露丝一个人，站在秋香绿的地毯上，两旁是鳄梨色的墙壁。到了第二天早上，阳光斜斜穿透玻璃花窗，清楚照出上面的污垢，它们需要清洁，但露丝对它们视而不见。

"妈，"妮可说，"窗子好脏。"

"如果看不顺眼，"露丝说，"你自己擦好了。"

妮可不肯擦。到了中午，鲍伯从办公室打电话回来，说他已向玛丽·费雪求婚，她也答应了，所以他不会回来了。他觉得露丝应该知道这个消息，以便另做打算。

"可是——"露丝说，但他把电话挂断了。离婚法不久前才放宽，婚姻两方不需对方的同意便可径行离婚。只要一方同意即可。

"妈，"安迪说，"爸爸去哪里了？"

"走了。"露丝说。安迪不做声。这幢屋子在鲍伯的名下，但它是靠安格斯与布兰达的协助才买下的，毕竟，露丝嫁过来时什么也没带来，除了她巨大的身材和力气，以及她一点剩余的价值。

"晚餐在哪里？"妮可问。但是没有晚餐，露丝只好把花生酱涂在面包上，分给大家。她用面包刀从罐子里挖出花生酱，不小心割伤了手指，一丝血迹沾在切好的面包上，但没有人抱怨。

他们默默地吃。

妮可、安迪和露丝坐在电视机前吃他们的晚餐。这一小群人，女人和儿童，在他们的天地分崩离析之际，静静地吃着。

这时露丝喃喃说了几句模糊不清的话。

"你说什么？"妮可问。

"像垃圾一样被抛弃，"露丝说，"无论美与丑，到头来都会被抛弃。"

妮可和安迪对天翻白眼,他们觉得她疯了,他们的父亲经常这么说。"你们的母亲疯了。"他说。

第二天上午,妮可和安迪去上学。

几天后鲍伯来电话,说他允许露丝和孩子们暂时在那间屋子继续住上一段时间,不过那个房子对他们来说显然太大,他们如果住在小一点的房屋会更快乐些。

"暂时住到什么时候?"她问,但他没有回答,他说他每个星期会付给他们五十二元生活费,直到进一步通知,这个数目比法定最低生活费还多出百分之二十。拜新立法之赐,第二任妻子能得到较公平的待遇,丈夫只需负担孩子的费用,至于身强体健的发妻则必须自力更生。

"露丝,"鲍伯说,"你有一双非常健康、非常有力的脚,你不会有问题的。"

"可是光这间屋子的开销,一个星期至少要一百六十五元。"露丝说。

"所以它非卖不可,"鲍伯说,"但是你别忘了,我不住在那里,所以费用也会降低,女人和儿童的费用没有男人高,这是有数据证明的。再说,孩子们现在上学了,事实上,他们几乎长大了,你也该回去工作了。一个女人老是窝在家里不好。"

"可是孩子会生病,学校的假期又几乎有大半年,再说,工作也很难找。"

"真正有心做事的人永远找得到工作,"鲍伯说,"谁都知道。”

他是从高塔打来的电话，在玛丽·费雪垂下粉颈，书写有关
爱情本质的甜蜜字句的大房间某个角落。

"他的手指突然移动，她感觉他的指尖探索似的滑过她的肌
肤，来到她微微颤动的柔软的唇。"玛丽·费雪这样写着。鲍伯放
下电话，她也放下她的笔，两人互相亲吻，将他们的未来紧紧密
封在一起。

9

　　玛丽·费雪和我的丈夫鲍伯住在高塔内，写有关爱情本质的小说，在她眼中世间的人没有理由不快乐。

　　为何她应该想到我们？我们既无权势又没钱，更不是什么重要人物，我们甚至不能算是世间的一分子。

　　我敢说，鲍伯有时会在半夜醒来，她会问他什么事，他会说我想念孩子。她会说，你的做法是对的，干脆地了断，不要见他们。他听了她的话，因为安迪和妮可不是那种会让人牵肠挂肚的小孩，更何况他的一双毛腿正和玛丽·费雪一双丝缎般的玉腿交缠在一起。

　　而且，假如他说"不知露丝过得怎样"时，她会用一小片烟熏鲑鱼和一小口香槟堵住他的嘴，说："露丝会适应得很好，毕竟，她还有两个孩子。可怜我，一个孩子都没有！我只有你，鲍伯。"

我的两个孩子来了又走，他们来要食物，磨蹭两下又离开了。但我没有东西可以给他们，我能给什么？魔女的乳房是干瘪的。要完全成为魔女得花点时间，我可以告诉你，一开始你会有筋疲力尽的感觉，自责和美德深深扎根在你活生生的血肉里，你没办法轻轻拂去，必须用力撕开，连同你的血肉一并扯下。

有时半夜里我会大声尖叫，把邻居都吵醒了，但是两个孩子从来没被吵醒过。

后来我只好从泥土中吸取能量。我走进花园，用一把叉子翻搅泥土，能量从我的脚尖传达到我顽强的小腿肚，最后停留在我魔女的腰上：一股蓄势待发、蠢蠢欲动的冲动。它告诉我不能再等待了，行动的时刻到了。

10

卡佛住在"伊甸园"椭圆形运动场边的一间小矮房，他是运动场的管理员。他的年纪在六十开外，满面于思，一脸皱纹，但是他有双明亮的眼睛。他手上的皮肤是红色的，饱经风霜，但他肚子上的皮肤却白皙而紧致。小矮房就在网球场和跑道交会的地方。卡佛的职责是割草，同时在白天行使他的管理职权，但现在他夜晚也住在那里，躺在一张铺着脏毛毯的泡棉床垫上，有时睡觉，更多时候无所事事。他是地方当局的雇员，一半是基于慈善，一半是利用他。他的任务是寻找蜂窝和驱赶儿童与幽会的情侣。

卡佛据说是在很远的一处海边搭救一名溺水的儿童时脑部受伤，为此"伊甸园"的太太们提出请愿，要求他提早退休换人，她们没有要求立刻撤换他，怕留下不好的名声。住在"伊甸园"的妻子和母亲们要去商店或学校时都必须经过椭圆形运动场，她们总是快步走过，两眼直视不敢接触他的眼光。有时卡佛只是冷眼斜视，有时则会暴露他的下体——虽然没有人真正看见，但每个人都听说有人见过。

卡佛老远看着露丝从小路那边走过来，他喜欢她深色的眼睛闪耀的光芒，他喜欢她沉重的步伐。她不像别的妻子和母亲踩着细高跟鞋走起路来摇曳生姿，她穿的是平底鞋，也许是她的脚太大，穿不下任何秀气的鞋子。卡佛非常清楚总有一天她会进来喝杯茶，他事先便知道谁会和他发生亲密的关系。和所有的人一样，一旦认定他未来的伴侣，他只消等待。他早就知道，爱，不过是快乐或痛苦的先见之明。

卡佛知道如何去要，但不能要太多；他知道如何怀抱希望，但不能太过于强求；他知道如何等待，但不能等待太久。卡佛喜欢随着命运流转，这里轻轻松松转一转，那里自自在在转一转，无拘无束地转变一下意志和希望，像一条在流淌的时间长河中悠游的鱼。

"进来喝杯茶吧。"她路过时，他站在网球场围篱边说。她进去了。

露丝从一只有裂缝的马克杯喝茶。虽然这时候是夏天，矮房子里头却有一座铁木炉子正燃着火。他们促膝坐在火炉前，仿佛这是冬天。地板上铺着报纸。他们靠得很近，彼此可以碰触到对方。她的体型几乎是他的两倍，但这无关紧要。她有一双火眼金睛似的亮眼。他说出他的赞美。

"当我知道我要什么的时候，它们就会发亮。"她说。

"你要什么？"

一定是金钱或性，他知道，这是生命中最重要的两样东西。

"你。"她说。他伸出一只手搂着她的肩膀，他的脸往下垂，一圈圈松弛的皮肤环绕着瘦削的下巴，一双看尽风雨的眼睛凝视她的眼。他知道有一种女人，在他一生当中，在他这间紧邻网球场的小屋中，他招待过不少这样的女人。住在郊区的贤妻良母，穿戴整齐、干干净净，却自甘堕落寻求神秘的体验，踩着高跟鞋咔咔地走进他的小屋。男人和女人，以不受约束的短暂的爱，在时间的长河中翻滚、蠕动，这是天经地义的事。但这个女人不一样，她自有她的原因，他不明白。

她的下巴上有几颗长毛的痣，不打紧，反正他的鼻孔也长毛。她的胸部像靠垫，他把他老迈的脑袋搁在上面。她微笑。他不担心他的性能力，勃起是年轻男子最在乎的，但必要时，手和指头也可以并用。不料，到了紧要关头他却开始打哆嗦，并且哭了起来。他的罪恶感把来访的客人挡在门外，里面温暖而柔软，他却觉得阵阵寒冷。

"我不能，"他说，"这件事怪怪的。你为什么会来？"

"这是第一步，"她说，"要打破第一条禁令。"

"什么禁令？"他知道禁令，椭圆形运动场的每一个入口都悬挂着告示板写满禁令，卡佛看不懂，以前他看得懂，但现在不能了。

"歧视。"她低声笑笑。他喜欢，然后做得好多了。

卡佛产生幻觉：他升上天，到了纷乱的云层的另一边，进入太空。卡佛看见露丝站在另一个宇宙的中央，全身赤裸而甜蜜，初升的星星在她的四周缓缓舞动。他知道，她在示意他往她的方向过去。他把头埋进她的肉体，那种香气不是创造出来的天然果汁，而是存在本身。他承受不了，他天生要存在古老的世界，不是新的世界。

他是个可怜的老翁，他因爱和欲而颤抖，他的两眼往上翻白，他的大脑噼啪放电，一如往常。幻觉使他老迈的身躯瘫痪，他两腿一软跪下去，倒在地上。

露丝诧异地望着躺在地上的躯体，卡佛癫痫发作，她为他感到难过，但无能为力。

露丝自己很满意，她和这个颤巍巍的老翁之间已建立起一个交叉的基础，它是她新生命的起点，如同绷住沙发布套的基底网架，这网架既痛苦又欢喜，既屈辱又得意，既变形又堕落，它全然接受，因为新架构带来无比的重量与压力。但它的结构间仍有许多小隙缝，这里一点，那里一点，她有可能从这些缝隙一脚踩空，她势必要很小心。

口吐白沫与抽筋停止了，卡佛躺在他自己余温犹存的排泄物中安静地熟睡。露丝从桌上打开的烟盒拿了几根香烟放进她的外套口袋，然后离开，往大街走去，准备采买花生酱、几个多头的插头转接器，顺便预约明天早上的出租车。一个长相平庸、脚下踩着朴实平底鞋的女巨人，手上挽着一只购物篮，准备大显身手。

11

啊！有谁曾经在高塔内和玛丽·费雪同枕共眠？可能不多，因为她太挑剔。当然不会是那个园丁，不然他的手指会变得更绿，他的薪水袋也会更厚。

也许过去曾经有过一两个百万富翁，或出版社老板，来协助她渡过难关。他们躺在她身旁，把他们已经花白但权高势大的头枕在洁白的鹅绒枕上。

贾西亚是个例外。我想每当夜深人静她孤单无依时，或她的灵感枯竭，句子在笔尖蹒跚踟蹰时，他会来替她服务。我想他会溜进她的床，进入她身体。当我在地毯上摔跤时，我看见他们两人的脸上闪过默契的神色，一种共谋的表情。先是鲍伯，接着是贾西亚。鲍伯如果知道一定会不高兴。

我祝愿鲍伯和贾西亚性无能，还有那个园丁，因为他连白杨这种简单的树都无法种得又高又壮。什么人种什么树，或许根本没有必要祝福。

我祝愿玛丽·费雪长鹅口疮。也许我可以把念珠球菌吹进中央暖气系统，让它散播到每一个角落，这样当她和鲍伯躺在白色的沙发上你侬我侬时，细菌就在各个角落伺机而动，让她化脓，让她腐烂。我只和两个男人有过性关系，鲍伯与卡佛，我比较喜欢卡佛，鲍伯偷走我的力量，但我偷走卡佛的力量。

我害怕，我没有归宿。我既不属于可敬的阶层，也不属于被诅咒的一群。这年头，连妓女都必须具备美貌。身为女人，我的肉体也只配得上一个老迈又患有癫痫的智能不足的男人。我认了，并且在认命中丧失我的一席之地——广大的舞池边上的一张椅子。舞池里有千百万的壁花排排坐，从亘古以来便坐在那里，用钦羡的眼光注视，从不加入跳舞的行列，从不提出要求，免得自取其辱，但是永远怀抱希望。

我们隐约相信，总有一天，会有一名身穿雪亮胄甲的骑士跃马而过，看穿这个美丽的灵魂，拉起这名少女，将皇冠戴在她头上，让她成为他的皇后。

但我的灵魂缺少美丽，现在还不美，而且我也没有地位，所以我必须为自己找到一席之地，既然我无法改变世界，我只有改变自己。

我的士气大振，自我认知与理智从血管流经全身：魔女流动缓慢的冷血。

12

　　星期六上午，露丝为安迪与妮可做了一顿丰盛的早餐。她把本来应该用到下星期四的鸡蛋——当地的商店那天才会送来新鲜的鸡蛋——以及屋内所有的培根一口气全部用光。她在冷冻库最底层找到切片的白面包——自从鲍伯离家后，它的储存高度愈来愈低——便拿来做烤吐司。她把奶油放上餐桌，而不用人造的乳玛林，同时要求孩子们把剩下的半罐蜂蜜吃光。他们警戒地望着她，乖乖吃下去。

　　露丝自己却是半点胃口也无。她喝了现煮的咖啡，咖啡豆也是从结霜的冷冻库底层刮下来的。

　　她把一公斤的奶油都给了哈尼斯吃，并没有跟着它走遍屋内看它到底吐在哪里。她猜应该是在那张她总是一个人睡的双人床底下。今天她把卧室的门打开，往常她是不开的，因为怕哈尼斯和梅西进去。她也给了梅西整整两罐沙丁鱼罐头，相当于一个人的食量。

她没有给天竺鼠理察任何食物，它已经把塞满毛衣的衣橱啃了许多洞，何况她已经没有剩余的力气关心它。既然她一无所有，又何须照顾理察？

吃过早餐，露丝任由桌上杯盘狼藉，要求孩子们在屋内各个角落寻找遗落的钱。他们寻遍地毯边缘、瓦斯炉与冰箱中间的缝隙、玩具箱底层的硬泥、书架上的书背后、橱柜顶上一堆堆的儿童劳作、衣橱背后，当然还少不了沙发和椅子的裂缝底下。他们总共找到六块两毛三分的铜板。

"现在，"露丝说，"你们去麦当劳，想吃什么就买什么：大麦克、超级麦克、炸鱼条、苹果派、奶昔，随你们爱吃多少都行，条件是上午十一点整一定要回来，不能太早，也不能太晚。"

"这点钱不够。"妮可说。

"我只有这些了，"露丝说，"记住，我把我所有的都给了你们，我自己只剩下一些残渣而已。"

他们不懂也不在乎，嘟嚷着相偕去麦当劳。

今年的夏天燠热又漫长，此刻太阳已经高高在上，把昨夜留下的一点湿气都蒸发干了，但空气中还有一丝凉爽的微风。

露丝将屋子里外巡视一遍，一如每个好家庭主妇在这种天气必做的例行公事，将所有的窗户都打开。她进入厨房，把一整瓶油倒入油炸锅，满到几乎溢出，然后在锅底下点燃瓦斯炉，用文火慢烧。她估计大约需要二十分钟锅内的油就会烧滚了。她又调整厨房的窗帘，把它安排成设计师当初的布置，让窗帘紧靠着油锅。然后她用特别买来的多头转接插座，将屋内所有的插头全部插上——除了电灯以外，怕会引起邻居的注意——洗碗机、洗衣机、烘干机、抽风机、冷气机、三台电视机、四台电子游戏机、两台对流式暖气机、一台高传真音响、缝纫机、吸尘器、果汁机、三张电毯（其中一张很旧了），以及蒸汽熨斗。她把所有的电器功能都开到最大，打开开关，整间屋子立刻轰隆作响，空气中弥漫着淡淡的橡胶焦味。这样的噪音和气味在"伊甸园"的星期六上午是司空见惯的事，只不过它们飘浮在夜莺路上空，比往常多了点紧张的气氛。

露丝回到厨房，打开烤箱的瓦斯，然后跪下来按点火器，点火器立刻冒出火星。这个电子点火装置如果持续按个九秒或十秒，便能使那一小根金属棒烧得火热，从而点燃烤箱的瓦斯。它一直是个叫人不安的装置，今天早上她只按了八秒钟便放开手，关上烤箱门，没有再仔细察看瓦斯的火有没有点燃。

她进入安迪房间。安迪刚才在画画，地上摊了大约六十张画纸和将近三十支彩色笔，其中大部分都没有盖子。她拖出他的懒骨头，里面装满微粒的多苯乙烯泡棉，她把它拖到寒冷的夜晚他最爱打开的电暖炉前紧挨着。房间的墙壁上贴满海报和三角旗。

她进入妮可房间，发现里面不但扔了一地的糖果纸，而且妮可还试图把一床破掉的羽毛被翻改成三个羽毛枕。她打翻妮可没盖好的一瓶酒精。

鲍伯的书房在屋子的后方，邻居看不到里面。书房内散了一地的纸张，露丝曾经翻过抽屉，把她和他的东西分类，以示两人即将分道扬镳。两个大型字纸篓装得满满的，还有两只黑色的垃圾袋——就是那种很容易破的便宜货——装满过期的文件、账单和书信，靠在书桌旁边，等着被丢出去。露丝把窗帘拉上遮住阳光，在鲍伯的书桌前坐下，点燃一根她从卡佛桌上拿走的香烟抽将起来。她不是个老练的烟枪，因为平常不大抽烟，也不爱抽烟。香烟抽到一半时，她把烟头摁熄扔进窗帘底下的字纸篓内。她只是随便把香烟摁一下，因此烟屁股仍在闷烧。一个不抽烟的人哪里知道，大多数的火即使熄灭了，也还是余烬犹存。

然后露丝离开房间，没有随手把门带上，一股凉风灌进去。她回到厨房，锅上的油开始滚了。她略一思索，慈爱地呼唤哈尼斯和梅西。两只动物被她的关注吓了一跳，哈尼斯立刻逃到主卧室的双人床底下躲避，梅西则跳到床上，这是它惯见的报复与恐惧双重压力下的反应。

露丝不理会两只动物的抓咬，把它们弄出屋外。她忘了那只天竺鼠，它被遗忘是罪有应得。她将双人床垫拖出来，从卧室的阳台扔到旁边的花园。她的邻居萝丝马莉居高临下看着她。

露丝拿起水管冲洗床垫。萝丝马莉从隔壁的矮墙上往下看，她的头上卷满发卷。

"你在干吗?"她问。

"都是那些动物，"露丝说，"不洗的话就只好买新的床垫，你知道那些猫最讨厌!"

"把它们阉了就没事了。"萝丝马莉说完回屋里去,不一会儿她又出来,说:"你有闻到烧焦味吗?"

"没有,"露丝说,"要有味道,就是这张床垫。"

萝丝马莉又回屋去,但一会儿又出来。

"你确信没有着火吗?"她说,"你家屋子后面不是在冒烟吗?"

"我的天,"露丝说,"可不是。"

正说着,厨房传出爆炸声。这时候是上午十点整,两个女人奔进萝丝马莉的家打电话给消防队和警方。

"幸亏孩子们都出去了!"萝丝马莉说,"他们在哪里?"

"在麦当劳。"露丝说。即使在这种时刻,萝丝马莉口中还是喷了几声。

露丝抱着她的邻居哭得呼天抢地,多苯乙烯燃烧冒出的黑色浓烟使消防队员无法及时抢救那只天竺鼠。他们把它从冒烟的干草中救出时,它已经断气了。

"它没有受苦,"一名消防员说,"浓烟先把它呛昏了。"

"可是我爱它,我爱它呀!"露丝哭着说。警长心想,可怜的女巨人,她不得不找个东西来爱,现在她连这点儿爱也没有了。

"实在不该发明这种泡棉家具,"消防员说,"这种意外层出不穷,前一分钟家还在,下一分钟就全毁了。"

这个事实让他们感到满意,他们的拯救似乎只有使情况更加恶化。浓烟笼罩着"伊甸园"上空,遮去了夜莺路的阳光。许多邻居顶着一头发卷聚在一起窃窃私语。

"屋漏偏逢连夜雨,"她们说,"可怜的露丝怎么办?没有丈夫、没有家,连天竺鼠也死了!"

但她们心中其实都暗暗高兴她要离开了,她根本就不适合这里。她每次请人吃饭总会出纰漏,安迪会偷看小女生的内裤,而且谣传妮可会偷东西。消防员脱下头盔与长靴,邻居们将他们请进屋内坐在浅色的多苯乙烯沙发上,请他们喝茶。假如她们的孩子和丈夫不在家,她们偶尔也会把他们带进卧室。火灾、危险与灾难是最强劲的春药。

"你是这间屋子的女主人?"保险员说。他在十点五十五分抵达现场,评估这起火灾的损失与责任归属问题。他是接获警方的通知而来的,警察会在火灾现场通报住家失火,最近这种现象频频发生。

"我是。"露丝泪汪汪地说。

"就是要这种精神!记住,我们是来帮助你的。全部烧光了,可以这么说,不过没有生命损失,这是最重要的。"

"天竺鼠死了。"露丝哀叹说。

"我们会帮你再买一只,"他说,"或者至少赔偿百分之六十让你再买一只,除非火灾的原因是人为疏失。我来以前很快地查阅了你的档案。"说着,他递给她一根香烟。

"你抽烟吗?"

她接过香烟。

"谢谢，自从我丈夫离家后我抽得很凶。你知道，紧张。"

"也许火势是这样引起的？字纸篓里的香烟？没有完全熄灭？这很容易酿成火灾。"

"有可能，"露丝说，"事实上，我想起来了，我在鲍伯房间整理文件，整理着就哭起来了——哦！"她用手捂着嘴，"我说了什么？"

"事实是最好的解释。"他说，忙着记录。

"哦，不，不！"露丝哭着说，"可怜的鲍伯将会怎么说？"

到了十一点，安迪和妮可高高兴兴地带着他们的第二顿早餐准时回来，同时出租车也到了。露丝拎着一个黑色塑料袋，里面装着抢救出的家当。她将两个孩子推进出租车后座，她自己坐在司机旁边，司机担心她粗壮的大腿会妨碍到手刹车。她的模样也很古怪，脸上被烟熏得黑黑的，一对眼睛却闪闪发亮。

"我们要去海边，"她对孩子们说，"我们去找爹地。"

司机看了一下一度是她甜蜜的家，如今只剩一堆黑色外壳的残骸。"那是你家吗？"他惊讶地问。孩子们在后座哭泣，但因吃了许多汉堡，他们只是象征性地难过，倒免去了心灵的创伤，这正是她所期待的。

"快开车吧，"露丝哀求道，"让孩子们看到这个景象不大好，他们知道他们在这里的生活结束了。"

他顺从地紧踩油门加速前进。出租车开上山顶时，露丝回头一望，只见夜莺路十九号仿佛一个笑容可掬的口中失落了一颗牙齿，只剩一个黑色的窟窿。她心中暗自高兴。

"那哈尼斯和梅西怎么办？"孩子们哭着说。他们没有提到天竺鼠，她也没有提醒他们。

"它们都没事，"露丝说，"我相信邻居会照顾它们，他们都很爱护动物！"

"还有我们的书，我们的玩具！"他们又哭着说。

"没了，都没了，"她说，"但我想你们的父亲会再买给你们。"

"我们要去和他住在一起吗？"

"你们已经没有别的地方可住了，亲爱的。"

"你也一起住吗？"

"不，"露丝说，"你们的父亲现在和别人住在一起，往后也不会改变，但我相信她会很乐意你们搬过去，她非常爱他。"

13

玛丽·费雪住在高塔内，她爱那里。它还有更引人入胜的名号吗？高塔？旧灯塔？世界的尽头？玛丽·费雪五年前买下它的时候，它是一座废墟，现在它是她的成就的一个外在表征。她喜欢黄昏的夕阳投射在海上时延伸到它古老的石壁上，将它染成温暖柔和的粉黄色。有现成的天然美，谁还需要把玻璃染成玫瑰红？但有人就会这样，你知道，玛丽·费雪就是这种人。

太迷恋房屋，全副心力执著在建筑物上是危险的。

把房屋和男人放在同一个篮子里更危险。

我愿意把这个真理告诉玛丽·费雪，可惜她没有问我。再说，魔女不会给人忠告，为什么要给？

那一把火烧得太好了，它温暖了我冰冷的血。

14

　　贾西亚喜欢在高塔工作。他有独特的个人魅力，身体强壮，态度从容，很能胜任他的工作。他一个人就能轻松搞定看守玛丽·费雪住处的几只杜宾狗。它们老跟在他的脚跟旁，因此他能轻易地管理其他员工——两名女佣、一名厨子和一名园丁。贾西亚有自己的房间，可以看到海，而且冬暖夏凉。他年轻又健康，每个月都把工资寄回西班牙老家给他的母亲，他并不知道她早就再婚了。空闲的时候，他会下山去村子里喝杯酒，那里有三个年轻的村姑和两个年轻的渔夫同时爱上他，由于他的口才好，性能力很强，他们都不太在乎还有别的情敌。假如世上真有无忧无虑的人，那个人就是贾西亚。

　　贾西亚欣赏玛丽·费雪的风采，她的外表，还有她的财富。他把她看得高高在上，就像明亮的月亮高挂在黑暗的地球上一样天经地义。在他任职的四年中，他和她睡了五次觉。他认为他应该在她需要的时候义不容辞为她服务，假如她在夜里哭泣，他会去陪她，天亮后他们又是女主人和男管家，一如往常。

她的其他爱人来来去去，都是家财万贯的人，比他更自负、更有权势，但他不嫉妒他们。他如何能嫉妒？他们在这个世上本来就享有比他更多的权利。有钱人住城堡，穷人替他看门，如此这般。为了她的工作，为了她的写作，她需要爱人们，就像她需要他——贾西亚——一样。假如她不能从他们身上得到灵感，她如何描写肉体的颤动，心灵的渴望？不过，一如生产时的阵痛，他们也很快就被淡忘了。

当鲍伯拎着两只皮箱抵达时，贾西亚起初只是有点惊惶，但是当玛丽·费雪将鲍伯迎进来，因喜悦而脸上绯红、全身颤抖、心中小鹿乱撞，忙着腾出她的衣橱让他吊挂衣服时，贾西亚非常不高兴。他认为玛丽·费雪即使要找个人共度一生，起码也应该找比她更有钱、更有气魄的人，那样她就不再是月亮，而是太阳。但贾西亚觉得鲍伯只不过比他这个仆佣高一等级，一个顾问，一个上班族，是个对海边生活一无所知的都市人。他走在悬崖边上为的是充好汉，暴风雨中在海边散步为的是逞英雄。他不懂盐分对玻璃、木头或人体肌肉的侵害，竟在风大时下令开窗，只为了要体会大自然的威力与荣耀。他不但没有权势，也缺乏智慧。贾西亚闷闷不乐，派了一名女佣将早茶送上去。

当贾西亚看见出租车开进高塔的车道，露丝和两个孩子下车时，他很高兴。他知道，露丝一出现就表示麻烦来了。她曾经来吃过一次晚餐，把一张名贵的地毯戳了个洞，还把红酒打翻在雪白的葡萄牙蕾丝桌巾上，留下一块连干洗都洗不掉的污渍。

出租车抵达时，玛丽·费雪和鲍伯正在工作室，贾西亚亲自拨打内线电话通知他们，但玛丽或鲍伯都没有接电话。他非常生气，手足无措，深感不安，仿佛农场里的一只雄鸡眼看着母鸡对另一只公鸡投怀送抱。

露丝按下大橡木门上的电铃，杜宾狗跳起来狂吠扑到门上，震动了巨大的门板。他听见孩子们恐惧的哭叫声，于是他制伏了狗，打开门。

"我来见我的丈夫，"露丝拉高嗓门说，"孩子们来见他们的父亲。"

她站在台阶上仿佛一尊石像，又像一枚巨大的棋子，一座笨重的城堡来挑战娇小的白色象牙皇后。杜宾狗哀鸣几声后安静下来。贾西亚觉得她那双火眼金睛闪烁的红光，和他母亲冒生命危险把醉酒的丈夫撺出家门时的眼神很相似。他在胸前画了个十字。露丝身上有点烟味，这让他想到地狱之火。他往旁边一跨，让她过去。他对她心存畏惧，并意识到她的挑战。贾西亚的五个情人，两男三女，都认为只要他愿意，他也可以和恶魔掷骰子下赌注。有何不可？大男人遇到恐惧时只要鼓起勇气面对就是了。

"他们在哪里？"她问。贾西亚指着楼上。他认为没有理由将鲍伯和玛丽从他们自己所造的业中拯救出来。露丝点头，朝位于房屋中央的石梯走去。石梯的每一阶面宽而浅，冰冷的石材上铺着暖色的粉红地毯。孩子们不情愿地跟在她后面，抱怨没有电梯。露丝庞大的身躯往上爬，一圈又一圈，行动出奇轻巧。紧跟在后的贾西亚，心想也许自己应付得了她，她的体型可是相当于他的三个女友合起来那么大，他可以把那些村姑要求的前戏减为三分之一，仍然可以达到令人满意的结果。他想起"大批发"这个名词。

露丝爬到灯塔顶上的楼梯口，玛丽·费雪的工作室就设在粗大的橡木悬桁底下的大通间，这些木头很有点年代了，被盐水浸泡得很坚韧，它们一度是伊丽莎白女王时代战舰上的龙骨，至少建筑师是这样说的。将灯塔改建为住宅的费用大约花了二十五万美元，给地方和邻近地区提供了不少就业机会。这一切露丝都知道。她对玛丽·费雪的会计了如指掌。鲍伯在夜莺路花了许多时间在上面，在办公室做不完还拿回家做。

一如贾西亚的猜测，鲍伯和玛丽·费雪正在白沙发上做爱。露丝打断了他们的兴致。

鲍伯身上只穿了他最好的白色丝衬衫和灰色西装上衣，玛丽·费雪则一丝不挂。她发出快活的小声呻吟，但贾西亚觉得她的声音不致掩盖电话铃声，假如他们选择不接电话，那么他们自己就必须为接下来的后果负责。鲍伯与玛丽·费雪起先没注意到露丝或孩子们出现，但是当他们发现时，鲍伯想停下来，玛丽·费雪却不依。

安迪和妮可惊讶得张大了嘴巴。当他们的父亲从玛丽·费雪身上抽离他瘦长、热情的半裸身子时，他们的母亲并没有叫他们回避。

"把孩子带走，"鲍伯厉声说，忘了穿内裤便急忙套上长裤，"这里不是他们来的地方。"

"这里是他们唯一可以见到大场面的地方。"露丝说。

"可怜的鲍伯，"玛丽·费雪说，"我终于明白你的意思了，她果然是个叫人无法忍受的女人。"她拉了一条黄色的流苏披肩披在肩上，再用一条粉红色的丝绳扎在腰上，披肩瞬间变成一件昂贵的服饰，但她那吹弹可破的肌肤仍若隐若现。

"贾西亚，"玛丽·费雪说，"你应该拦阻他们闯进来才对。"

"对不起，小姐，"贾西亚说，避开他的眼光，仿佛没见过女主人裸身。"但我拦不住她。"

"我看也没人拦得住。"玛丽说，原谅了他。

"妮可，安迪，"露丝说，"你们现在在一个非常奇妙有趣的地方，它是由灯塔改建的，所以才会有这么多楼梯。而这是一位非常有名，也非常有钱的夫人，她是个作家，名字叫玛丽·费雪太太，你们的父亲非常爱她，为了他，你们也要爱她。"

"费雪小姐。"玛丽·费雪纠正她。

"我相信你们一定会喜欢住在这里，"露丝继续说，"看！你们可以看到窗外的海鸥，往下看，底下还有一座岩石凿出来的游泳池，这不是很棒吗？"

"是温水吗？"妮可问。

"我不能往下看，"安迪说，"我有恐高症。"

"那就看这里，安迪，那边有一座鸡尾酒吧，也是从岩石墙壁凿出来的，还有许多综合果仁和花生米、脆片。你会喜欢的。我相信玛丽·费雪小姐待会儿一定会给你们来杯柳橙汁。是不是，鲍伯？"

鲍伯站在他的两个孩子中间，仿佛想要护卫他们，却又说不准要对抗什么。

"贾西亚，"玛丽·费雪说，"我想这位太太大概是心情不好，请你把孩子们带到厨房，喂他们吃东西，或者想办法哄哄他们。"

"他们不是熊，玛丽，"鲍伯说，"不是喂点面包就了事。"

玛丽·费雪一脸存疑的表情。

"露丝，"鲍伯说，"请你把孩子们带回家，如果你要和我谈，我可以在城里和你见面吃午餐，这里实在不是我们可以谈话的地方。"

"我不能回家。"露丝说。

"你一定要回去，"玛丽撅起小嘴说，"你不请自来，你擅自侵入，我有狗，你是知道的，如果我要的话，我可以放狗咬你，法律是不保护侵入者的，是不是啊，贾西亚？"

"小姐，"贾西亚说，"我不建议放狗咬人，尤其是杜宾狗，今天它们咬了敌人，明天它们就会咬你和我。它们就像鲨鱼，一旦尝到血的滋味就会上瘾。"

"话是这么说。"玛丽·费雪说。

"玛丽，"鲍伯说，"别生气，很明显地，孩子们不能留下来，他们必须和他们的母亲一起回家去。"

"为什么很明显？"露丝问。妮可已经在吧台吃起花生米，安迪也已经打开小手提电视机，把声音开得山响。他们知道一旦大人就他们的前途达成协议后，自然会找他们商量，同时他们也觉得这种讨论既痛苦又无聊。

"因为我不懂得照顾小孩，"玛丽·费雪说，"看看我，我像会照顾小孩的母亲吗？再说，我要是有孩子，一定也是我自己生的，不是吗，鲍伯？"

她爱恋地抬头望着鲍伯，鲍伯也爱恋地低头望着她，两人不约而同想象他们共同的孩子，绝对不像安迪与妮可。

"何况，"玛丽·费雪继续说，"这间屋子不适合小孩居住，门太少，楼梯又太多，小孩容易摔下去。况且狗又爱叫，不是吗，贾西亚？他们最好还是跟着你，露丝，住在自己的家，和他们的母亲住一起。当然，鲍伯以后也会去探望他们，而且是等你平静下来以后他立刻就会去。但你知道他很怕吵架，让安迪和妮可看到你们两个争执也不好，我们必须考虑到这一点。"

"等你搬进一间小一点的房子，露丝，"鲍伯说，"你会觉得好一点，不必做那么多家事，你不会老是觉得累或心情不好。我不是个粗枝大叶的人，我很了解夜莺路的生活，那些不愉快的回忆，还有你和我共同生活的那些日子，一定让你很难过，早点把它卖掉比较好。"

"我很高兴我们谈到这件事，"玛丽·费雪又说，"这样可以打开天窗说亮话了。鲍伯需要筹一笔资金，我们要在这里帮他盖一间办公室，在旁边加盖一间。我知道这座高塔看起来很大，但它里面的空间其实很小。有了一切先进的信息设备，他可以从这里管理他的业务，只要每个星期去两次城里的办公室就行了。我们不是要赶你走，露丝，但房子越早卖越好，鲍伯要自己出钱，他不想欠我钱，相信你一定了解这一点。"

"问题是，玛丽，"露丝说，"没有房子可卖了，它今天早上烧光了，我也没有地方可以带孩子回去住，除非住在灰烬中，所以他们非留在这里不可。"

等鲍伯针对露丝的粗心大意狠狠数落了一顿，玛丽·费雪打电话给警察局查证这起火警，安迪与妮可获悉天竺鼠死了的消息，所有的哭闹与指责都平息下来，只剩鲍伯间歇的喘息声，玛丽·费雪说："我想在这种情况下，孩子们最好留下来住一两天，等我们想出更合理的办法再说。贾西亚，请你送派契特太太去车站好吗？她一定累了一天了，如果她现在走，还可以赶上夜班车。"

说完她便离开房间。她娇小白皙的屁股在黄色的流苏下若隐若现，她在这场对话中所扮演的角色结束了，但她临走前却发现妮可的脚跟不经意地踩在掉落的薯片上，将碎片揉进波斯地毯里；安迪打了个喷嚏，将满嘴的可口可乐喷在雪白的墙壁上。

露丝准备离开。

"那他们的东西呢？"鲍伯跟在她后面追问，"他们的东西在哪里？运动鞋、内裤、内衣、玩具和彩色笔，等等。"

"都没了，烧光了，再买吧。"

"我又不是用钞票堆起来的，再说今天是星期六，商店都关门，明天又是星期日。"

"这是常有的事，"露丝说，"每次想买个东西就发现商店关门。"

"那他们的学校呢，露丝？他们没办法上学。"

"再给他们另外找学校吧。"

"这附近没有学校。"

"有心上学的人总会找到学校。"露丝说。

"那你要去哪里？"他问，"去朋友家？"

"什么朋友？"她问，"不过，如果你愿意的话，我可以留下来。"

"你明知那是不可能的事。"

"那我就走。"

"你会留下地址吧？"

"不会，"露丝说，"我没有地址。"

"可是你不可以就这样抛下自己的孩子！"

"我可以。"露丝说。

贾西亚护送露丝到门口，杜宾狗跟在她后面喘息。她全身散发一股新的气息：胜利、自由和恐惧杂糅在一起。它们发觉这股气息让它们兴奋，鼻子在她暗绿色的罩衫底下嗅个不停。

"狗有很好的品味。"贾西亚说。他让她坐进劳斯莱斯后座，"你要去哪个方向？"他问，"往东或往西？第一月台或第二月台？"

"随便，"她说，"把我送上火车就行了。"

他明白她在哭，他转头去看，看见她宽大的肩膀在颤抖。

"只能这样，"她说，"没别的办法，不是他们走就是我走。"

"我会替你看着他们，"贾西亚说，真心诚意，"任何时候你想打电话，我会把一切情况都告诉你。"

"谢谢你，贾西亚。"

"你想要他回来吗？"他问。他想她会，男人总以为女人少不了他们。

"是的，"露丝说，"但要在我的条件之下。"

"什么条件？"

"很特别的条件。"她只这样回答。

她搭上往东行的火车。一个非常高大的女人，脸上脏兮兮的，红着眼眶，身上穿着一件帐篷似的暗绿色罩衫，肩膀上扛着一个装满私人物品的黑色垃圾袋。

"那个女的为什么长得那么奇怪？"火车上，一个坐在露丝对面的小男孩问。

"嘘，嘘！"小男孩的母亲说，赶紧将他带开换到别的座位上。

15

　　玛丽·费雪在她的四周筑起高塔，用钞票当水泥巩固石块，用偷来的爱为房屋隔间，但她仍旧不安全，她有个母亲。

　　老玛丽·费雪住在一所老人院。我知道，因为她每个月会付一笔钱给老人院的女管理员，还有一些不知道是否能扣税的额外开销（每周一瓶雪利酒、四包巧克力碎片饼干）。她的档案厚厚的一叠，鲍伯最擅长于细节，玛丽·费雪也是。鲍伯用舌头轻舔玛丽·费雪的左边乳头，快速地，从右到左，她欢快地发出一声小小的叹息。

　　但我需要一点时间。我很快就会痊愈，现在我仍在疗伤，魔女受伤了，她又潜逃回她的巢穴，母妖怪沉重的脚步在巢穴外来回巡视。

　　我必须将这个哀伤视为肉体的疼痛。我必须谨记，这个肉体的伤和腿伤一样，时间久了便能痊愈，它不会留下难看的疤痕，这是一个内伤，不是外伤。

我是个正在学习适应儿女不在身边的女人。我是一条正在蜕皮的蛇。我的孩子是妮可和安迪，虽然他们一点也不可爱，但是没有差别，儿女就是儿女，母亲就是母亲。虽然明知我越早平静就能越快恢复，越快蜕去旧皮，并以全新的面貌重回这个世间，但我仍不时在内疚与痛苦中挣扎。

我确信我想念他们比他们更想念我。他们一直是我生命的意义，我的存在只是为了抚养他们长大，如同老玛丽·费雪太太抚养她的女儿玛丽长大一样。

16

　　乔福瑞·塔夫顿每年三次住进这家"旅人客栈"，进城拜访一家又一家的公司，宣传新的信息科技。过去他一度从一个国家飞到另一个国家做同样的工作，只不过规模更大，接到的订单价值数万美元，甚至数十万美元。但后来不知为什么——也许是他的个性不适合，或是他渐渐接不到订单，或者是他的妻子不肯融入这种相伴走天涯的精神，总之，他自己也说不上——空中旅行的机会越来越少，火车旅行的次数却逐渐增加。宣传做不成，通货膨胀又使他的薪资缩水，这几年有"旅人客栈"可投宿，有几杯可以报账的小酒喝喝，他已经觉得心满意足。

　　这天是他的五十一岁生日，但没有人可以和他一起庆祝——如果这样的一天值得庆祝的话。他量过体重，发现比他所想象的足足超重了 6 公斤。更糟的是，他有一只眼睛染上了严重的结膜炎，会痒、会流泪，还会间歇流脓。他的医生诊断说这个病最早是由心理因素引起，这使他益发感到悲惨。他长得丑，过胖，而且一无是处。因此他将那只坏掉的眼睛对着墙壁，坐在酒吧一隅独自喝闷酒，眼巴巴看着他的业务同行向进门的一些夜店女郎搭讪，知道自己一点机会也没有。他的一只眼睛有病。她们计较的是价钱多寡，并不在乎年龄或身材，但是对于皮肤疹、眼睛发炎或破嘴巴却紧张兮兮。这有什么不好？他不高兴地想，因为他不喜欢欺骗妻子，尽管她要为他的困顿负一大半责任。只不过她最近找到一份工作，收入比他多，剥夺了他的成就感，也剥夺了他前半生的奖励——也就是他在养她的这个想法。

他看着露丝走进酒吧，她穿越仿都铎式的拱门时得低下头。她穿着一套白色的亮面布料裤装，所有的眼光一时都集中在她身上，酒吧内此起彼伏传出惊叹声，其中一名女子——她虽然扎着马尾，但从手臂的皮肤看来，应该接近五十岁了——大声地咯咯笑了起来。坐在乔福瑞旁边的一个胖子对他说："看起来品味独特哦。"

乔福瑞很同情这位一脸不自在的女巨人，便移过去坐在她旁边，请她喝一杯饮料，他觉得这样可以挽救她的面子。但他的病眼仍然瞒不过她的眼睛。

"看起来很严重，"她说，瞄了一眼，"你有试过用黄金摩擦它吗？"

"没有，"他说，有点惊讶，"我应该试吗？"

"是的，"她说，"不是真的摩擦，只要在上面滚动，把坏东西滚掉。"

说着，她取下她的结婚戒指示范给他看，叫他在那只感染的眼睛上滚一滚。金戒指的表面出乎意料的光滑柔顺，不久眼睛就觉得舒服多了。

"真的，但是你看，"他说，"我不是坏人，我知道它看起来是坏的，但那是眼睛，不是我，我是个好人，真的。"

"我想一定有什么东西你不想看到。"她说。她的眼睛炯炯有神，微微泛着红光，他猜想定是红色的小灯罩反射的缘故。他看看其他女人，她们的眼睛都蒙着一层阴影，似乎缺少一点灵性。他再看看露丝，她仿佛是从花岗岩雕凿出来的粗坯，雕刻师匆忙离开去吃午饭再也没回来，但他喜欢她的本质。

"老实说，"他说，"在我看来，天底下没有任何东西是绝对真实的，没有，今天是我的五十一岁生日，要想从头再来已经太迟了。"

她不搭腔，只是将金戒指交给他。

"你留着吧。"她说。

"但这是你的结婚戒指。"

她耸耸肩。他觉得眼睛四周肿胀的感觉正逐渐消失，而且真的不那么痒了。

"是黄金的缘故吗？"他问。

"当然。"

他明知不是，但还是很高兴，自在又感激。他感觉有种奇妙的事发生了，他治好了一种他始终没有察觉出来的疾病——就是失去信心。

他向酒保买了一瓶香槟，带着香槟和她一起上楼到他房间，途中有个顾客在窃笑，但他不在乎。

"外表不是那么重要。"他说。

"很重要。"她凄楚地说。她喜欢把灯关掉，躲在被单底下。他没有起反感，他和他的妻子也是这样展开他们的婚姻生活，直到他的妻子开始阅读更有格调的妇女杂志，认定性爱、裸裎和身材不完美都不是羞耻的事。当时他觉得那是非常片面的看法，但他没说什么。他的妻子身材很好，他却不好。而且他觉得，他的妻子受了同一本杂志的影响，学会喜欢口交和怪异的性爱姿势，这使他感到非常尴尬。露丝喜欢只躺在他下面，这样正好。她告诉他，她的丈夫抱怨她太古板，但她能怎么办？

他在"旅人客栈"住了整整一星期，并且为露丝付了那段时间的账单。到了星期一上午，他的眼睛已经痊愈了，事后也没再复发。露丝是个温顺的人，似乎有点精神恍惚，她很少谈她自己，他也没问。

一天晚上，他醒来发现她在哭。

"怎么啦？"他问。

"我为我的一个朋友而哭，我的邻居，我唯一的朋友，她三年前死了，我忘不了她，她是自杀的。"

"为什么？"

"她和丈夫吵架。她的名字叫波波，有两个孩子。他打她，所以她逃回娘家去，丢下丈夫和孩子。她想给他一个教训，大家都说应该给他一个教训，他老是醉醺醺地回来。但是第二天，他带了一个女孩到家里照顾孩子，还把她肚子搞大，等波波想回家时已经回不去了。因此她灌下一整瓶的威士忌，吞下安眠药，等她母亲发现时，她已经死在她小时候的卧室里。"

"这种事经常发生，这不是谁的错。"

"总之，"露丝说，"这件事已经过去了，每个女人都有她的一段辛酸史，我不会再哭了，我想我是在为我自己哭，真的。"

他把头枕在她硕大的胸脯上，听见她缓慢的心跳。他心想，他从没听过如此缓慢的心跳，便问她怎么回事。

"我冷血，"她说，"所以流动缓慢，我的血是冷的，而且一天比一天更冷。"

他忽然想到他们可以长相厮守，他可以离开他的妻子，说不定这正合他妻子的意，这一来漫长、黑暗、保守的夜晚就可以永远维持下去。但她说她不能，她还有许多事要做。

"你有什么事要做？一个女人能有什么事非做不可？"

她笑笑，说她要向上帝挑战。撒旦曾经尝试过，却失败了，但撒旦是男的。身为女人，她觉得她或许能做得更好。

17

星期一上午，露丝从"旅人客栈"起床后已经没事了，她向她眼睛复明的爱人永别，来到市郊，在一幢遗世独立的大房子门前停下。这幢屋子盖在一片潮湿的绿地中央，有许多窗户，有些窗户还装上铁栅。它的四周种满整齐的灌木，而且是只需要最简单的照顾就能养活的那一种。

露丝按了有"访客"标示的门铃，开门的是川普太太。川普太太六十出头，脸颊上许多凹凸不平的静脉清晰可见。她有一张国字脸，不友善的眼睛，松弛的中广身材。对她的许多房客来说她是大块头，但与露丝相较之下，她算相当小巧了。

"什么事？"川普太太问，态度不是很友善，但为了慎重起见，也不是极不友善。房客中有位老太太上周死了，房间空出来到现在还没人住。这个大块头说不定会有个合适的长辈可以住进来，甚至可能还是最好的状况———一位提早衰老，但还没有失禁的老太太。政府对这种病例的补助最多，一旦被诊断出衰老，政府立即自动发给失禁补助，不管他们有没有失禁。

"川普太太吗?"露丝问。

"是的。"川普太太摁熄香烟，以防来者是当地卫生局的查访员。这位访客不但有一副宽大的戽斗下巴，而且依川普太太的经验，脸上有痣长毛的女人通常是自我观念很强的人，这种人往往被雇用来找他人的麻烦。

"我听说你这里需要一个能住宿的女佣。"露丝说。川普太太看看她的香烟，发现它还可以再利用。她将露丝带进办公室，她永远需要人手，这个世界上无助的老人永远多过于愿意照顾他们的年轻人。

露丝自我介绍她是北方人，不久前才新寡，有照顾老人的经验。

川普太太没有对她做详细的身家调查，眼前这位求职者身体健壮，这是必备条件，她也很干净，这样可以给访客留下好印象。至于她是不是诚实并不重要，因为住在这里的老人没有什么私有财产好遭人觊觎。再说，假如允许她们携带任何私有物品，房间立刻会乱成一团。

川普太太带着露丝走了一圈，交代她应尽的任务，并解说这间养老院——"颐养园"的性质。"颐养园"的前院是她们自己的特权，面向花园，住的都是有钱人的亲属，其中有位来头不小的老太太尤其需要特别关照，因为她，才使这里被列名为高级养老院，她有一间专属的浴室。后院部分有两人房、三人房或四人房，住的都是比较不富裕的老人。这里的房间收费是每周基本退休金的三倍，这一点使"颐养园"多少有点排外。

"老人都一样，"川普太太说，"思想顽固！不能随便胡说八道。但是你的立场要坚定，记住，她们和小孩没有两样。你带过小孩吗？"

"带过。"露丝说。

"那你在这里会得心应手，"川普太太说，"任何人尿床或闻到床铺有尿骚味，要立刻报告。还有，要记住，她们很狡猾，我知道她们有人把尿湿的床垫偷运出去，企图欺瞒，当然，终究还是会被我发现。"

"发现什么？"露丝问。

"尿失禁！"川普太太说。

住户只要开始尿床，"颐养园"就容不得她们，川普太太说。

"她们一定很爱这个地方，"露丝说，"才会不想走。"

"哦，是啊，"川普太太说，"她们是很爱这个地方。当然，有时我没有监督得很严格，我的心太软、太善良。"

露丝的卧房很小，床也太短，她每周的工资是八十五美元。玛丽·费雪的母亲珍珠·费雪和露比·伊凡及艾莎·丝薇三人合住后院的一个房间。

"你们几位的名字都真好听。"第二天一早，露丝为她们送来早茶时说。她的出现把几个老太太从药效的昏沉中惊醒。会诊的医生为精神抑郁和失眠的病人开了大量的"烦宁"与"眠确当"。否则他能怎么办？依他之见，这些老太太在"颐养园"看到的越少越好，何况，她们也没别的地方可去。

费雪太太、伊凡太太和丝薇太太似乎很惊讶也很高兴她说这句话，从此以后便把露丝当朋友看待。在她们眼中，"颐养园"的员工分成两派——朋友与敌人。川普太太是敌人。川普太太老是虎视眈眈等着她的住户尿床，然后赶她们出去，回到那些毫无怜悯之心的亲人家中，直到他们找到一间有换床单服务的老人院为止。但人人都知道，这种老人院根本就不存在。在这里，在她们生命道路通往尽头的路上，有个瓶颈阻碍着。

露丝和她们聊天，轻拍她们，安抚她们，帮她们梳头、擦身体，为她们住的地方洒消毒剂，这样过了大约一周以后，她对费雪太太说她认识她的女儿玛丽，但费雪太太茫然地望着她，没有回答。露丝于是用维生素 C 取代她的"烦宁"，用维生素 B 取代她的"眠确当"，过了一周以后她又对她说同样的一句话。

"奇怪，你会说这种话，"费雪太太说，"我还以为没有人认得玛丽，更别提她的母亲，也就是我。她好吗？"

"她非常好，"露丝说，"她现在有一个新爱人。"

"恶心，"费雪太太说，"她比一只发情的小母猫好不了多少。她一向如此。我一开始就把她看透了，她是贫民窟出身的，我不是无的放矢，因为我也是。"

她吐一口痰。她扭过头，收集喉咙里的睡液，吐出来。她可以把痰从床头吐出去，飞过伊凡太太和丝薇太太的头，精准地落在墙角。伊凡太太和丝薇太太虽然个性温和，却很讨厌费雪太太这个动作。露丝把痰擦掉，它的结构稀薄，像温暖、过期的蛋白。

"她背叛我，"费雪太太说，"她偷了我的男人，他也很有钱，当时我的年纪只有他的一半，但她的年纪只有他的四分之一，所以她解决他的速度也快一倍。臭老男人，活该，他也是个社会党人。"

露丝鼓励费雪太太下床用她的金属助行器走路，一个月后，费雪太太可以不靠助行器走路，又过了六个星期，她已经可以自己上下楼了。

"这可是你自己的意思，"川普太太说，"不过，我可以说，这给访客一个良好的示范，我们的病人可以起来自己走路了。相对地，你不得不承认，她们躺在床上会比下床走路减少一些麻烦。"

露丝给费雪太太吃豆子、苹果、凉拌生菜丝和糙米，结果她胃绞痛的状况消失了，现在她常常打嗝和放屁，这使伊凡太太和丝薇太太感到非常困扰。

"你需要自己睡一个房间，"露丝说，"你又没有卧病在床，你有权要求个人的空间。"

她为费雪太太做了一番解说，在此之前费雪太太完全不懂什么是个人应享的权利，她一直以为，人活在这个充满敌意的世界本来就该听天由命，因此她欣然接受这个新主张。

"我有权要求吃两片培根"，费雪太太在走道上来来回回地说，"每个人都有不挨饿的权利"。要不就是，"我高兴的时候，一个星期要洗两次澡，我有这个权利"。或者，"我为国家奉献了一辈子，我有权要求一个橡胶圈，让我的屁股舒服一整夜"。或"一个母亲有权随她高兴用她自己的手擦鼻涕或擤鼻涕"。从此抱怨与赞同的声浪在各寝室间此起彼伏，甚至传入交谊厅——交谊厅里，那些不必卧床的老人靠墙坐在塑料扶手椅上，目不转睛注视着她们过去看不懂、现在看不懂，将来也不会看懂的电视节目。

但访客不但不默许和感激，反而开始要求经常更换枕头、杯盘和瓶子里的水，尤其是在痢疾流行的季节。

"他们如果这么挑剔，为何不自己照顾，"川普太太灌下她的杜松子酒后说，"还要交给我来照顾？"

川普太太百分之百确信这些麻烦都是露丝引起的，她很想叫她走，却又担心露丝走了之后很难再找到一个这样孔武有力、干净又勤奋的帮手，这使她左右为难。同时她也畏惧露丝，露丝长得太高大，两根指头就能摘掉川普太太的脑袋。而且她的眼睛还会发光。

费雪太太要求自己住一个房间。"你哪来钱付单人房？"川普太太问，"你的女儿付给我们的费用少得可怜，她不来看你，不关心你，所有的老太太都一样，费雪太太，我看多了！当然，每个人到头来都是自食其果，开始时靠运气，最后得靠天理。你、丝薇太太和伊凡太太都是自食其果。"

她喜欢和这些病人开开小玩笑，反正她们也不懂。有时川普太太觉得非常孤单。

"我会写信给我女儿。"费雪太太说。

"你没办法，"川普太太说，"因为你没有她的住址。"

"我有，"费雪太太说，"你真是个讨厌鬼！"事实上，如同她经常对露丝所说，她用的是更不堪的下流字眼。

费雪太太写信给她的女儿，信的内容由露丝主导。

亲爱的玛丽：

　　好久不见了，我知道你很忙，但你有时应该想到把你扶养长大，并且帮助你渡过难关的母亲。如果你能付钱给川普太太，让我有一间属于个人的房间和自己的电视，我的生活定会大大改善。这样我也不会太期待访客来看我。

　　祝福你和你的家人，也祝福你的孩子们。

爱你的母亲：珍珠

"可是她没有小孩。"费雪太太说。

"她现在有了。"露丝说。

"真想不到，"费雪太太说，"这个狡猾的贱人！母亲永远最后一个知道！"

但她似乎不想知道得更多。

露丝亲自把费雪太太的信寄出去，因为这里有太多的信件莫名遗失。几天后，露丝从脚垫上捡起一封信，是玛丽·费雪用香水信纸写来的回信。她小巧美丽的手写着她不可能再多寄钱给她，但期望母亲健康快乐。她最近很忙，通货膨胀使她必须加倍写作，而且她有好几口人要养，事实上，如果母亲能够省下雪利酒的开销她会非常感激。她渴望过着和母亲一样祥和宁静的生活，并且非常爱她。

"你的女儿真可怜，"露丝说，"她好像工作得很辛苦！也许你可以帮她一点忙，费雪太太，你有没有想过？一个母亲能够的话，或许应该在女儿身边协助她。假如她有力气长途跋涉的话。"

但费雪太太只是躺在她的新靠垫上不动，打开电视，斜眼瞄了露丝一眼，说她不知道露丝安的是什么心，但无论如何，她都是向着她，只不过她一点也不想和女儿住在一起。

她又提到一个叫霍普金斯的护士，以前对她也很好，但后来得到一笔财富后便离开"颐养园"。她离职后，费雪太太认为她还是躺在床上比较安全。

"那个霍普金斯护士，"费雪太太说，"矮得像根汤匙，又胖得像一扇门，而且力大无穷。当然你大得像一间屋子，在这里倒是挺管用的。"

"她后来怎么啦？"

霍普金斯护士后来去一所专门监禁精神病罪犯的医院工作，

费雪太太说，她的模样和那边的人不相上下。露丝一定能够和她相处得很好，每个人都需要朋友。但她不要去和她的女儿住在一起，她干吗去帮那个小贱人的忙？

"但你一定要宽恕，你总可以和她住一段时间，短时间吧？你可以搭火车去探望她。"

"我太老了。"

"你才七十四岁，不算老。"

"我想我可以去，"费雪太太承认，"找个星期天下午。"

"我送你上火车，"露丝说，"我会帮你买好回程车票，打电话请男管家去接你。"

"男管家！"费雪太太说，"我打赌他们一定有一腿！"

"我想也是。"露丝说。

"她瞒不了我的，"费雪太太说，"我要去把她看个透彻。"

一个星期日早上，露丝从费雪太太的药盒拿出安慰剂，换成"烦宁"与"眠确当"。到了午餐时间，趁费雪太太在餐厅吃饭之际，露丝将伊凡太太便盆内的尿液倒在费雪太太床上，然后放了一瓶不新鲜的大理花在寝室里掩盖可能的尿骚味，至少暂时性的。当天下午，费雪太太穿上她最好的紫色、绿色和灰黑色的衣服，由露丝将她送上火车，坐到离高塔最近的车站。露丝回到"颐养园"，从川普太太的办公室打电话给贾西亚，说她这里是"颐养园"，通知他们费雪小姐的母亲正搭车过去，请贾西亚去车站接她。她简单扼要地讲完电话，不等贾西亚通报玛丽·费雪便挂断电话。

露丝坐在电话旁等电话铃响，果然不久电话响了，玛丽·费雪亲自打来的电话。她还没弄清楚对方接电话的人是谁，就以比平常高八度的声调说话。

"这太不可原谅了，川普太太，"玛丽·费雪说，"首先，今天晚上根本没有班车回去。其次，我至少应该在一周前事先接到通知。第三，你有没有想到，你让一个羸弱的老妇人独自搭长途火车，万一出事怎么办？"

"我不是川普太太，"露丝以无懈可击的技巧伪装高雅的声音说，"我是'颐养园'的资深员工。川普太太去参加葬礼了。如果今天晚上没有班车回来，那您最好留令堂住一个晚上，明天早上再送她回来。我们无法事先通知您，因为令堂没有事先告知我们，她是个享有充分人权的人，不是一个包裹，她可以随她的意愿来去。此外她也不羸弱，她的健康最近大有进步，我们都非常感谢上苍，您身为她的女儿也应该如此。"

玛丽·费雪没再多费唇舌便挂断电话，她知道她遇到对手了。露丝继续等候。不久贾西亚回电话，说费雪太太明天会回去，请"颐养园"派人去中央车站接她。

"那是一定的，不过，我们得在费雪小姐的账目中记上这笔出租车费。"

她继续等候驳斥出租车费的电话，但是再没有回音了。

六点半，川普太太从丝薇太太的葬礼回来。自从老费雪太太离开后面的房间开始走路后，丝薇太太的健康状况便急遽恶化，显然丝薇太太需要的营养中少不了激愤、瞋恨和听天由命，仅仅食物还不够。川普太太回来发现露丝在她的办公室，便就她的观察所得大大发了顿牢骚。

"生命的目标不在于延长寿命，"露丝说，"而是生活的态度。"

"说得是很好听，"川普太太说，"但这一来我又多出一张空床，而且增加了住户的流动量，这样不好。"

露丝告诉川普太太，费雪太太在她女儿的请求下将外宿一夜。

"只要她不要求退费就好，"川普太太说，"她高兴怎样就怎样。不过我会想念这个老家伙，她没有其他老人那么令人厌烦，这个地方待久了还是会让人无聊到死，许多人就是这样死的，瞧瞧丝薇太太！但至少她留下一张干净的床垫。"

"我想我应该告诉你，"露丝说，"费雪太太的床最近有点潮湿。"

"潮湿?"川普太太大声说，"怎么个潮湿法?"

"非常潮湿。"

"尿失禁!"川普太太大叫，对费雪太太的好印象立即大打折扣，并立刻采取行动站起来。

"如果你所说的属实，"川普太太说，一面爬上楼梯，"这是个严重的进程，我有责任调查，我不能让任何人说'颐养园'疏忽或无动于衷。"

川普太太摸摸费雪太太的床铺，又用鼻子去闻。

"这是长期的渗尿，"川普太太说，"我看得出来。这种现象持续多久了？"

"大概一个月，"露丝说，"我不想告诉你，可怜的费雪太太，她也是情非得已。"

"你被开除了！"川普太太大吼说，大发雷霆，"看这张床垫！"

它果然湿透了。露丝最近给费雪太太喝的是啤酒，不算少的啤酒，而不是雪利酒。

川普太太打电话给玛丽·费雪，说费雪太太无论如何都不能返回"颐养园"了，不管是第二天或以后。"颐养园"是老人院，不是尿失禁患者的疗养院。

"我明白你是想调高床单的费用等，"玛丽·费雪说，"我想我别无选择只好乖乖付，但我认为这是敲诈。"

"你大概不了解，"川普太太说，"这是摊牌的时候。每只鸡都要回家休息，你的母亲也要回家休息，费雪小姐，我不会再接受她了。"

"那我要拿她怎么办？"玛丽·费雪哭丧着说。

"就像过去十年我所做的一样，"川普太太说，"照顾她，忍受她。"

"可是我不是护士。"

"她不需要护士，她需要 TLC。"

"那是什么？一种新药？"玛丽·费雪总算燃起一丝希望。

"细心慈爱的照顾（Tender loving care）。"川普太太说，忍不住好笑。

沉默了一下，付电话费的玛丽·费雪说："可是鲍伯和我要去度假。"

"带她一起去，她喜欢去新地方，认识新朋友。"

"别开玩笑了。"玛丽·费雪说。

"那就待在家里，"川普太太说，"你知道我有多久没度假了？"她一手握着电话听她所谓家属的吟咏，一手利落地打开一瓶杜松子酒倒在杯子里。

玛丽·费雪这时已经放弃说服川普太太留下她的母亲，转而要求帮她介绍一间愿意收容失禁老人的养老院。

"没有，"川普太太说，"有一两家愿意加价收容她们，但是得登记排队五到十年才等得到。"

玛丽·费雪大声哭起来。川普太太满意地结束谈话。她上楼到露丝房间告诉她她又被录用了，却发现露丝已经在收拾行李。

18

玛丽·费雪住在高塔，思索着爱的本质。现在她不觉得它很轻松了。行星会旋转运行，海潮有起有落，盐水喷溅在大片的厚玻璃上，但玛丽·费雪的眼睛开始往内看，她不再醉心于这些东西，她可以住在夜莺路或其他任何地方，那里的自然美景已够她欣赏。

玛丽·费雪住在高塔，和她住在一起的还有两个孩子、一个满腹牢骚的母亲、一个心烦意乱的爱人和一个闷闷不乐的男仆。她觉得他们都在生吞活剥她的血肉。最近香槟使玛丽·费雪消化不良，因为她不再小口品尝，而是大口大口灌，以便面对下一个家庭紧急事件。

烟熏鲑鱼对鲍伯来说太咸，他的血压略有上升。尽管玛丽·费雪解释烟熏鲑鱼的含盐量并不高，他却不相信，而且不喜欢看到她吃他不吃的东西。因此鲔鱼三明治成为家常便饭。

玛丽·费雪仔细观察爱，发现它很复杂。其一，她成了鲍伯的性奴隶，就像她的某些小说一开始那样，女主角的挚友被男主角挟持为性奴隶，然后男主角与女主角之间逐渐发展出更纯洁、更灵性的爱，而挚友却被抛弃或被车子碾死，好比安娜·卡列尼娜；或被迫吃下砒霜，好比包法利夫人。这些都是挚友的下场，但玛丽·费雪不是挚友，她是她自己生命的女主角，或者说这是她的愿望。她从鲍伯肉体上得到的越多，她便要得越多。她渴求他的赞美，她愿意付出一切得到他的赞美，即使必须照顾他的孩子、她的母亲，提早衰老也在所不惜。他的赞美意味着将会有一夜美好的云雨。性的束缚在现实生活和文学中都是悲剧，玛丽·费雪清楚地知道，但她又能怎么办？

19

鲍伯不能和玛丽·费雪结婚，因为法令不准许他和下落不明的妻子离婚，即使她很可能已经死了，法令也不能宣布她死亡，使他成为鳏夫。露丝失踪了——鲍伯宣称，因为他离开她，加上她的住处意外烧毁而悲伤过度。鲍伯不再喜欢听玛丽·费雪说露丝的坏话，有时他甚至慨叹命运作弄让他遇到玛丽·费雪和真爱。他并非否定他们的爱，也不希望他们的爱结束，只是有时觉得假如这一切都没发生，做事就会方便多了。

同时高塔也不再是往昔的高塔了，孩子们在雪白的墙壁印上脏污的手印，把足球踢到干净透亮的玻璃上，爬到沙发后面弄破了一个大洞，摊开被褥当跳床，任意踩过传家宝或把它们拿来当飞盘。安迪骑在一只杜宾狗的背上打马球，把玛丽·费雪叔公的祖父留下的一口钟砸到地上，玛丽·费雪心疼地哭了。

"这是我唯一保留的过去纪念！"

"不过是个物品罢了。"鲍伯说。

"纪念个鬼！"身上发出异味的老玛丽·费雪尖着嗓子说。她恢复服用医生的处方药"眠确当"和"烦宁"，现在真的尿失禁了。"我记得它是你第一任丈夫从一家二手店买回来的，还有你，你的丈夫原本是我的男人。"

玛丽·费雪坐在摔烂的古董钟旁边伤心地哭，用人都在窃笑。它美丽的零件在里面滚动，发出微弱的铿锵声，即使死了也仍在为最后一口气挣扎，犹如斩了头的鸡在做垂死的挣扎一般。

鲍伯仍然不把孩子关禁闭，或限制他们的行动，或处罚他们，他认为他们所受的苦够多了。他也不认为他应该为他们的痛苦负责，有时似乎反倒觉得玛丽·费雪应该为此负责。在孩子们失去母亲之后，他变成一个关爱孩子的父亲。

"现在这里是他们的家了，"他说，"一定要让他们有在家的感觉。你是他们的继母，即使法律不承认，在上帝的眼中这是不争的事实。"

但他又咬着玛丽·费雪的耳垂喃喃说道："我不是这个意思，完全不是这个意思！"搞得玛丽·费雪一头雾水。

妮可只是把身体往 Bang & Olufsen 高传真音响上一靠就把它毁了。玛丽·费雪已学会不哭，却还是忍不住抱怨。

"再买一套就是了！"鲍伯说，"你反正买得起。"

但是她买得起吗？高塔兴建的原始目的——为航行的水手照明——一旦不再，要维持它的屹立不倒与显著地标的地位所费不贵，而且她还要支付经纪人的费用，还有用人、打字员、会计——玛丽·费雪不但要维持她自己的生活，她还得照顾一大群人，在她不明确的、甚至可能只是昙花一现的短暂成就的大海中破浪前进。玛丽·费雪常说："我和我的小说一样好。"但鲍伯知道她的小说一点也不"好"，它们只是卖得好。玛丽·费雪害怕区分这两者的差别，因为今天卖得好不等于明天也卖得好。

再说她又有昂贵的品味。鲍伯喜欢花最少的钱买葡萄酒，但玛丽·费雪的味蕾太细腻，她一个晚上可以毫不费力喝下一瓶一百元的葡萄酒，如果有访客，花掉的费用可能是它的十倍以上。

但最近访客少了，因为鲍伯喜欢的，玛丽·费雪不喜欢，反之亦然。有时都没有访客反而比较好，何况还有孩子，而且妮可忽然长出一对大胸脯，这对她而言显然过于早熟。"她像她的母亲。"鲍伯说。一点也不错，她是像她母亲。妮可与安迪喜欢斗嘴尖叫，没有访客反而是谢天谢地。

鲍伯从高塔的落地玻璃窗凝视着外面浪花朵朵的大海，思索着生死与因果报应的奥秘。他认为一定有个人要面对现实，那个人就是玛丽·费雪。女人有了爱之后就应该开始面对现实。物质世界有如波涛汹涌，现实生活中一波接一波的芝麻绿豆小事会淹没爱的流沙。他想到彻夜不能成眠。

安迪的脚奇臭无比，杜宾狗老是找这个臭味的麻烦，在高塔内到处狂吠猛叫。长毛狗哈尼斯现在当然是高塔家中不可忽视的一分子——火灾后鲍伯从邻居家中把它带回来，发现它不但身上有外伤，而且还皮肤感染长了虱子，不久又传染给杜宾狗。搔、搔、搔，不停地搔痒！幸好杜宾狗的毛很短，但长毛狗的毛很长，而且到处掉毛。然而杜宾狗的力气大，日日夜夜搔起痒来连地板也为之震动，甚至用来拦阻汹涌海潮的石墙在夜深人静时似乎都在颤动。搔痒，震动，搔痒，震动！

小猫梅西也被带进这个家庭，但它为此巨变而焦躁不安，很快便成为老费雪太太的密友。鲍伯觉得这是再自然不过的事。现在它获准跳上玛丽·费雪的腿，神不知鬼不觉地把她的丝洋装绉褶当乳头来吸吮，不久，猫的唾液在衣服上留下明显褪色的乳头印子，送去干洗也无法消除，梅西就这样毁了玛丽·费雪最爱的几件洋装。

"那只猫心情沮丧，"鲍伯只能这样说，"它很快就会恢复的，多给它一些牛奶吧！"

"多久叫'很快'？"

"几年。"鲍伯说。

鲍伯每周去他城里的办公室上班两天，他不喜欢玛丽·费雪离开他的视线太久，他不信任贾西亚。剩下的时间他在家工作，并草率地将责任托付给他的员工。由于他和玛丽·费雪的裙带关系，现在他的客户中多了许多非常有钱但不是很优秀的作家。

整体而言鲍伯是快乐的。他想要的东西多多少少都得到了。他有了他一直想要的家庭，他想要的家，他想要的格调。他有一个富有、美丽、有名气的情妇爱他而且崇拜他，假如她不能配合他的要求，他会收回他的性恩宠一段时间，并在她面前以欣羡的语气谈论他遇到的其他漂亮的年轻女子，使她在矛盾与焦虑的双重压力下就范。这些日子来她没有过去那么好看了，她知道，有时她的指甲断了，她不但懒得去修补、涂指甲油保护它们，反而放进口中用牙齿把断裂的指甲咬下来，又快又省事。

玛丽·费雪再也不能在性爱中大声欢叫，因为老费雪太太和孩子们都竖着耳朵在听。妮可专心听鲍伯的，安迪则专心听玛丽·费雪的声音。只要一有机会，安迪就会钻到她的丝内衣底下看个究竟，妮可则模仿玛丽·费雪的穿着，看上去怪里怪气。玛丽·费雪向鲍伯建议把原来没有门或墙壁的地方装上门或墙壁，以便保有相当程度的隐私，但鲍伯不答应。

"这个地方太美好，"鲍伯说，"如果把它改装成一般住家就太可惜了。你一定要谨慎，玛丽，千万不要变成一个平凡的郊区家庭主妇！"

但这当然是他对她的部分期望，也是他愿意为她工作的原因之一。他希望她能不要工作、不要赚钱，洗尽铅华，做他母亲永远没有做到的那一部分，完全属于他。

玛丽·费雪写完了一本小说《欲望长桥》交给她的出版商，但被退回做大幅度的修改。她心生警惕、难过，而且深感挫折，因为假如玛丽·费雪丧失她的影响力，假如千百万妇女因服用"烦宁"而在梦中辗转不安，看了玛丽·费雪的书之后又再度陷入失望的深渊，那才叫真正的悲剧。损失的不只是玛丽·费雪，而是她们。假如在塔什干、北欧、达尔文，以及圣路易的妇女说我们需要玛丽·费雪，但她却背叛了我们，那么她的不幸将更千百万倍于此。

为什么会发生这种事？她不明白。她对这本小说的用心经营远甚于其他许多作品。她想也许写完结局后会好一点，她在写作期间曾经拿草稿给鲍伯看，像任何一位恋爱中的女子对她的男人那样，他甚至还帮她出点子，他希望她笔下的英雄更勇敢，同时个子更矮一点——

"你是说像你吗，鲍伯？"她笑着说。但他皱着眉头叫她严肃点，叫她要对艺术多用点心，不要老是把注意力放在床上运动。他还纠正她的文法，加强她的小说架构，使情节布局更利落，并为她一连串用许多形容词，仿佛文字是用来堆砌建造高塔而谴责她。鲍伯读过大学，而她，玛丽·费雪没有，所以他知道。她自有她的魅力，但他才是"懂"的人。

"可是我以前的方法都有效，"她抗议，"几百万的读者不可能有错吧？"

"亲爱的玛丽，她们当然会错，重点不是读者的数量，而是读者的质量。你的质远比这个高出很多，看你这样浪费你的才华，尽写一些垃圾，我真心痛。你大可以做一个更认真的作家。"

"我是一个认真的作家。"

垃圾！她好难过。他用强壮的手臂搂着她短小的肢体，亲吻她，她这才快乐一些。他这招最管用！有时这真像她的小说，那么为何他不相信她，为何他不相信她所写的小说？或者当从前爱只存在她的脑中而不在肉体上的时候她所写的小说？

爱是真实的，生命是永恒的，结局是快乐的。他们难道不是一个活生生的例子，证明浪漫是真实的？鲍伯与玛丽，永远快乐地住在高塔里？但玛丽·费雪说出这句话时，舌头有点打结。

玛丽·费雪偷偷地以她过往的草率方式改写她的小说，总算又找回出版商和她自己的信心，至少暂时如此。

"亲爱的，"鲍伯说，书出版后，他有三天拒绝和她同房——整整三天！"不是我对你感到失望，只是你不该改写你的小说，你应该换出版商才对！你有能力启发比大众市场更高一级的读者，为什么不做呢？"

"因为这样卖得不好。"玛丽·费雪看着电费账单，不假辞色地说。在她认识那个年老的社会名流乔纳之前，她一直很穷。她的父亲在她褪褓时便弃家而去，她的母亲靠取悦一两个有钱的士绅来付房租，其中一个便是乔纳。可怜的乔纳娶了玛丽·费雪后没能活多久，不久他的一个女儿又出面与她争夺遗产，从此以后玛丽·费雪不得不自力更生。

"我们拥有彼此，"鲍伯说，"这还不够吗？我的业务蒸蒸日上，如果有你在我背后全力支持我，业务还会更好，那时候你就可以完全不需要写作了。"鲍伯用他的舌头分开她的嘴唇，用他的身体张开她的大腿，深情款款地说他的一切都属于她，她的一切也都属于他。或许这是真的。

玛丽·费雪思索着情欲、自我、牺牲的本质。玛丽·费雪和以前不一样了，她知道。她弱不禁风的身体里那颗坚硬的核心，已被敲成碎片，她可以感觉到。情欲会腐蚀一切，爱却不会。情欲像沉重的铁锤，会击碎一切、分裂一切。爱却是一件软绵绵的丝绒斗篷，可以隐藏一切。情欲是真实的，爱是梦幻的，而梦幻造就了我们。千百万亿的妇女不可能会错，不是吗？

鲍伯的蓝眼睛注视着她的一双眼睛，假如她闭上眼，他便用手指温柔地拨开它们，他要她看清事实真相。

玛丽·费雪现在发现，生命的真相有一部分就在于它会结束，这是生命的一个令人遗憾的本质。费雪老太太的肉体与心灵不协调，她的心灵鲁莽任性，一点也不可爱，她的肉体则牢骚满腹，事事得仰赖他人。假如要让她保持安静，她就必须服用镇静剂；假如她服用镇静剂，她又会开始满嘴胡说八道，并且尿湿床铺，甚至更糟的，在高塔底下的砖墙隙缝随地便溺。底下人都在抱怨。

"那我该怎么办？"玛丽·费雪问医生。

"别无选择，"他说，"没有十全十美的方法。她是你的母亲，你必须爱她、照顾她，就像你无助时她照顾你一样。你只能这样做。"

你很难去爱一个从没爱过你的母亲，但玛丽·费雪还是承担起她的责任，没有回避，她努力去做。

玛丽·费雪在三个月之内便又完成一本新的小说，她为新书取名为《王牌天使》，但出版商觉得它缺乏说服力。它太错综复杂，缺乏她早期作品特有的单纯，一种粗粝的现实源源不绝穿透进来，读者不会喜欢，上一页是罗曼史，下一页却又转变为寓言，再下一页风格又变成社会写实主义！她的出版商面面相觑，看来她开始变老了，多老？没人知道。

鲍伯倒是不在乎玛丽·费雪有多老。鲍伯以为她可能是四十岁左右：无论如何她是永远的，她的脖子皮肤紧实，她的一双小手白皙细致，他对那个女巨人的记忆与他曾经和那个怪胎结婚的耻辱在迅速淡化，而且他爱玛丽·费雪，不吝于展现他对她的爱。他是五朔节花柱，她则是那缠绕着花柱的彩带，把她的快乐缠上去又解开，使劲地、紧紧地，直到永远。

"我听见了！恶心！畜生！"费雪太太不知从哪个角落忽然跳出来大叫，"我女儿五十岁了，我有证据，要看她的出生证明吗？"

"我厌烦死这个无聊的地方了。"妮可叹气说，她又胖了 4.5公斤。

"我想吐。"安迪打着嗝说，他对任何事都打嗝。

贾西亚没有上楼打扫，他带哈尼斯去兽医院了，它的腿被一只杜宾狗（不是那只母狗）咬成重伤，因为它企图爬到它身上。猫咪梅西那天选择尿在费雪太太的床上，至少费雪太太是这样说的。两名女佣提出辞呈，贾西亚不在场，没能用他水汪汪的褐色眼睛以许诺的眼神凝视她们，让她们顺服。玛丽·费雪洗碗时被一名临时约见的《VOGUE》杂志摄影师看见，当时她已没力气回绝。

鲍伯开始觉得在市区和高塔间开车往返是件痛苦的事，最近他常常留在办公室过夜，要不就是和朋友在一起。朋友？

"哦，玛丽！"鲍伯说，"你怎么可以嫉妒？你明知我爱你，你是我生命的开始，也是我生命的结束！"除了星期三晚上，玛丽·费雪心想，星期三晚上你都在哪里？

某个星期三晚上，玛丽·费雪在缺少家庭温暖的寂寞中哭泣，贾西亚听见了，便来到她床边，冷冷地、若有所思地想起从前。她叫他出去，但他不肯，她有什么办法？他知道得太多，同时又知道得太少，假如他也辞职，她肯定会迷失。她知道，因为缺少过去的气垫在中间缓冲，她一定会被现在与未来的石磨夹得粉身碎骨。因此，当他爬上她的床时她没有呼叫。就算叫了又怎样，有谁会来？杜宾狗吗？玛丽·费雪要拥有一切，不愿意有任何损失。她一向如此。

玛丽·费雪的《王牌天使》出版了，但才刚刚出版。

贾西亚要求加薪，她别无选择只好答应，但鲍伯反对。

"我们一定要谨慎点，玛丽？"

"哦，钱！"她呸了一声，但不是真心的。上一笔版税大幅减少，也许她不合时代潮流了？她忽然想到，她写的罗曼史已经有六年没有被拍成电影了。

"她现在看起来如何？"有一天露丝问贾西亚。她常常打电话给他，问高塔的近况如何。他都爽快地告诉她，事后也不曾懊悔。玛丽·费雪已不再能激发他的忠诚。

"她开始有老态了。"他说。

20

　　玛丽·费雪住在高塔内，她差点想结束生命。在她的阳台底下，大海不断投身于永恒的岩石之上。她要怎么做才能得到救赎？

　　玛丽·费雪必须放弃爱，但她做不到。而且由于做不到，玛丽·费雪不得不和其他人一样认命，在过去与未来之间安身立命，徘徊于老一代与新一代之间，无法逃避。但她差一点就逃避了，几乎成为她自己的作品。

　　但我阻止了她。我，魔女——她的爱人，也就是我的丈夫鲍伯的作品。但她不要以为我会就此罢休。我才刚要开始大显身手。

21

为了维生，有时往往得做一些别人不愿意做的工作，比如帮别人照顾小孩、照顾精神病患、看管监狱囚犯、清扫公共厕所、为死者整容，或在廉价旅馆铺床。这类的工作，通常都蛮容易找到，工资一般不高，但足够活命，并且让人有力气第二天继续工作。诚如政府最爱说的一句话，有心工作的人总能找到事做。

露丝从川普太太那边辞职后，直接来到城内大学区一间学生咖啡馆，花了一个小时喝咖啡，观察进出咖啡馆的年轻人，最后她走向一个独自坐在角落看书的苍白俊秀的青年。她发现别人对他的态度充满兴趣与尊敬，他们会走到他身边和他聊几句，偶尔递一点钱，或纸条，或小包裹。

"不知道你能不能帮我一个忙。"她说。

"这是我的职业，"他说，"不过，我协助的对象通常是年轻人。"

"我要重新展开新生活，"她说，"我发现虽然一个人不需要证照就能做许多事，但也不是每件事。"

"总是可以找到漏洞，"他说，"我越来越认为这个世界像篮子里的一团蛆，到处钻着寻找漏洞。"

"蛆又小又细，"她说，"但我不是。"

他同意，像她这样的人很可能需要证照。当然，比起性交易或毒品，这些证照更难安排，毕竟需要密集劳力与专业技术，而且要花更多钱。但他愿意试试看。

露丝拿到两张通才教育的证照，一张是英文的，一张是数学的，每张的代价是五十元。她请他以薇丝塔·萝丝的化名伪造，这是她从小向往的名字。

然后露丝搭公交车到求职中心，这是许多失业人士会去，但多半希望落空的地方。露丝去求职，说她要找监狱管理员的工作。她给的姓名是薇丝塔·萝丝，并且捏造了一个假住址。她说她在国外有专业看护的经验，接着秀出她的证照。

"好美的名字！"柜台后的女孩懒洋洋地说，接着抬头看到露丝，诧异地眨眨眼。露丝把头发往后梳，紧紧扎在脑后，使她的下巴显得更长，眼窝也显得更深。她在"颐养园"已经把她在"旅人客栈"减轻的体重又补了回来。"颐养园"的老太太和员工们都吃柔软的白面食物，碳水化合物比较多，蛋白质比较少。

"监狱里没有工作。"女孩说。

"我知道有，在鲁卡斯山医院。"

"鲁卡斯山！"女孩说，"那就另当别论了！那边永远有空缺，你真的要去鲁卡斯山？"

"我有个朋友在那里工作。"

"那你知道那是什么地方了？我们的责任是就业者与雇主双方都要兼顾。它从前叫'疯人监狱'，现在虽然改了名字但改不了受刑人，哈——哈！"

"那些人值得同情，不该谴责他们，更不该嘲笑他们。"露丝说。女孩立刻紧张兮兮地打电话给医院，为露丝约了与医院的总务主任面谈的时间。

鲁卡斯山医院是一所漆成浅绿色、外观讨喜的新建筑，墙上画了许多赏心悦目的壁画，都是专业画家以儿童的笔触画成的。病人在走廊上或走或站，或咆哮，或号叫，护士推着小车穿梭在病人中间派药和注射。

这里的门关上时声音沉重，由计算机控制门锁，窗户镶的是防震玻璃。这里没有必要使用钥匙或铁窗。有些护士态度和善，有些则凶巴巴，而且喜欢以威权欺压弱者。有些护士很聪明，但绝大部分不是，因为在这里工作的员工多半都是在别的地方找不到事做的人，他们不是太胖就是太瘦，或太蠢、太凶悍，或太黑、太白，或是为了某种原因而无法找到任何好的柜台工作。

总务主任没有详细询问薇丝塔·萝丝过去的经验。她看上去似乎强壮、能干而且干净，大概不会比受刑人更危险或更麻烦，这里有许多受刑人是杀人犯或纵火犯，或公然猥亵的犯人。纵火犯不管是在这里或其他地方都是最可怕的犯人——性侵犯则是最令人痛恨的人。当然，也有些受刑人是阴差阳错被送进去的，或是在审讯时不明智地请求被判精神异常，结果被判处无期徒刑，或直到他们能证明他们的精神正常为止，但在鲁卡斯山医院，这是一件困难的事。

露丝费了一番工夫才找到霍普金斯护士。这里有两百多位员工，两千名受刑人。她好不容易才在紧急镇静处理小组找到她，这个小组的成员视病房需要得在警报响后几秒钟之内报到。霍普金斯护士必须把惹是生非的疯狂病人打倒，压在他或她身上，为他们打镇静剂。

"我爱这个工作，"她在医院的附设餐厅边喝咖啡边对露丝说，"可以见到一些有趣的人，而且我喜欢做个有用的人。"

"女人都如此！"露丝说。

"总要有人来做危险的工作，"霍普金斯护士说，向露丝展示她被偷藏的刀子割伤和牙齿咬伤的疤痕。"但这总比眼睁睁看人死去来得好，我曾经在老人院工作，你做过这种工作吗，薇丝塔？"

"没有。"薇丝塔·萝丝面无愧色地说。

"千万不要。"霍普金斯护士好心忠告。

两个女人相处得非常融洽，便说好在护士宿舍同住一个房间。

"和你在一起我觉得有安全感，"霍普金斯护士说，"这里有许多员工比病人更不正常。"

霍普金斯护士身高约四英尺十一英寸，体重约九十五公斤。她的甲状腺有点问题。她的父母亲在她十二岁那年为了她成长迟缓而向医生求助，医生建议给她吃当时风行一时的甲状腺萃取物，结果适得其反。她常常觉得冷，所以身上穿了许多羊毛织品，其中多数是在"乐施会"买的。

"我们两个是怪胎！"霍普金斯护士常这么说。

霍普金斯护士在银行有数十万美元的存款，是她心有愧疚的父母留给她的，但她喜欢鲁卡斯山医院安定又规律的工作，那里的人个个都比她更怪异。露丝建议两人把床靠在一起，拆掉床头板脚对脚，这样露丝的脚趾晚上就可以盖到被子，霍普金斯护士的脚底也不至于通风。一个这么长，一个又这么短！

"混在一起，"霍普金斯护士说，"我们就可以成为两个正常的人，不过还是有点过重。"

露丝申请在医院的牙科部工作，那里是个忙碌的地方，这里盛行咬人，许多病人因为积习难改，最后都不得不把他们的牙齿全部拔光。还有些病人的牙齿蛀到不得不拔。牙医是个上了年纪的新西兰人，那个国家有许多骄傲的父亲送给女儿的十八岁生日礼物是付钱请牙医拔掉她们的牙齿，然后装上不会痛又更漂亮的假牙。他对自己拔掉的牙齿数量引以为豪，并且感激露丝有一双强壮有力、坚定利落的手。她似乎只有在做家事时才显得有点笨拙，仿佛她的手比她的大脑学会早一步抗议。

"只要有你在就不会有打断牙齿和下颚流血的意外了。"他这样说。他爱喝酒，他所专精的牙医技术——拔牙术——早就落伍了，现在他只能在政府机构找到工作。

"这是有益的事！"他喜欢这样说，"这些可怜的人，人类的渣滓。但他们和其他任何人一样，也有权利拥有健康的下颚。"

他欣赏露丝的力气和大大的牙齿。

"但我宁可有天生雪白的小贝齿。"她说。

"那就定做一副，"他说，"把旧的拔掉，装上新的。"

"我是想这样，"她说，"不过事有轻重缓急，何况我有的是时间。"

"女人没有很多时间，"牙医说，"她们和男人不同。"

"我要把时钟倒拨回去。"她说。

"没有人能那么做。"

"任何人都能做任何事，"她回答，"如果他们有意志力，而且有钱。"

"我们要接受上帝把我们创造成什么样子。"他抗议。

"那不是真的，"她说，"我们来到这个世界为的是改善他原先的旨意，在他明显失败之处创造公平、真理与美丽。"

正在谈话的当儿，由霍普金斯护士领军的紧急镇静处理小组把小温迪带进来拔上排牙齿。这个可怜的女孩是从依莲娜罗斯福医院转来的病人，院方用尽种种方法，无论给多少剂量的"氯普马"一类的镇静剂或电击治疗，都无法制止她把自己的下唇咬掉。除了想把自己吃掉外，她看起来和普通人一样正常，而且漂亮得多。

"你明白我的意思了吧?"露丝说。

"这是一个极端的例子,"牙医说,"上帝用一种神秘的方式创造,如此而已。"

温迪冷不防对帮助她的人反咬一口,霍普金斯护士痛得大叫一声,接下来一阵手忙脚乱的注射,大家忙着工作就没有再继续这段谈话。

当牙科部的工作比较轻松时,露丝会去就业治疗部门帮忙。这里有一半的病人用棕榈叶编制篮子,再由另外一半的病人将篮子拆开。联邦政府规定禁止出售由受刑人制造的物品,但经常有人反对,说这里是医院不是监狱,不过这些反对声浪都无效,因为一旦纵容鲁卡斯山医院,那么每一家有病患或甚至有麻疹病例的疗养院不都可以免除这项规定?再说,外面的世界还有谁需要棕榈叶编的篮子?不如都拆开算了。这个部门的宗旨是协助就业,累积财产是无意义的。

星期六下午院方允许访客进来,到了星期日晚上,监狱的员工会举行派对,享用访客留下来的水果、蛋糕和葡萄酒。员工们认为,大部分受刑人都无法消受这些美味的食物。同时根据经验,假如把这些食物转交给他们,他们会情绪不安,发牢骚,有的甚至会哭,这是一种退步的表现,使他们可能获释的日子更遥遥无期。

在鲁卡斯山,哭泣不但是忘恩负义,而且是疯狂的征兆,是不被赞同的。鲁卡斯山是个难得一见的快乐场所，这里的员工都受过专业训练，并且乐于助人，所以心智健全的人会感激他们能住在这里。

有时受刑人也会逃跑，但很快就会被警察抓回来，关进安静的囚室，教训他们要心存感激。这间特别的囚室四面都铺上软软的衬垫，里面除了一个没有盖子的马桶外别无他物。门上有格子栅栏，可以塞入奶酪三明治和盒装的柳橙汁，还有一片员工能够看进去，但受刑人无法看出来的玻璃板。病人通常住上一个星期后门才会打开，他们会因此非常感激，以后便很少再逃跑了。

露丝空闲时会进城去上秘书与簿记课程，这些都是政府为中年妇女和年轻少女而办的免费课程。男人比较不喜欢这种工作，他们宁可口授书信和花钱也不喜欢数钱。露丝是个勤奋的学生，在班上进步神速。

"你为什么要上这些课？"霍普金斯护士问。

"因为我有野心。"露丝说。

"你该不会打算离开鲁卡斯山吧？"霍普金斯护士忧虑地说，但露丝觉得她没有真的非常担心。

"我会和你一同进退。"露丝说。霍普金斯护士高兴得颤抖，露丝非常感激。

一个星期二晚上，露丝自觉已经对基础会计和簿记驾轻就熟了，于是她搭巴士进城。她在公园大道下车，鲍伯的办公室就在一栋新办公大楼的十楼，大楼铺着大理石，走廊到处可以听到喷泉的声音。大楼的对面是一家快餐餐厅，露丝就坐在这里，仔细找了一个黑暗的角落轻松享用烤马铃薯淋酸奶配细葱。她注意看着，等鲍伯出现。自从她把孩子送到高塔后，她再也没见过她的丈夫。

鲍伯和一位年轻的金发女子一起走出来，她显然不是玛丽·费雪，但是和她同一个类型，而且很可能是一个秘书或助理，因为她脸上有着崇拜和羞怯的表情。他轻松自在地向女子吻别，两人分道扬镳，但片刻之后，她停下来转身从背后望着他，脸上充满渴望与爱慕。他没有回头。鲍伯似乎信心十足、成功而顺利，很能激起爱的火花。他招了一辆出租车，跑步过街上车，有那么一瞬间他似乎直视着露丝，但他没有认出她。露丝认为这一点也不奇怪，他们现在住在两个截然不同的世界，她的世界对他来说是陌生的，那些日子过得不错的人根本不会关心那些日子过得很差的人。但穷人、被剥削的人和被压迫的人反而喜欢知道他们的主宰者的事，喜欢凝视他们印在报纸上的面孔，羡慕他们的恋爱，找出他们的小缺点。这是他们从每天被残酷压榨的生命中所能得到的唯一回报。所以露丝会认出是情人也是会计师的鲍伯，而鲍伯认不出是医院病房值班护士也是糟糠之妻的露丝。不被认出正好合她的意，但她仍然为此愤愤不平，任何残存的一丝丝追悔和传统上与女人有关的特质——例如温馨甜蜜、原谅、忍让与温柔——这一刻都消失殆尽。

鲍伯坐上他招来的出租车，露丝一直等到十楼的灯光都熄灭了，才走向鲍伯的办公室。她用万能钥匙开门进去，这是她在放火烧毁夜莺路十九号之前，小心放进口袋保存起来的。当时她心中只是隐约有个计划，知道这个计划是违法的，但现在她已胸有成竹。

鲍伯的办公室最近才重新装潢成淡黄与乳白的色调，露丝觉得那是玛丽·费雪的品味。鲍伯自己的房间似乎更像饭店的会客室而不像一间办公室；里面有一张柔软的长沙发，足够他用来和他喜欢的员工调情——这一定不合玛丽·费雪的品味。大约六位员工共享一间办公室，里面摆满了装着许多档案的柜子，比鲍伯自己独享的空间更拥挤，但这个世界就是这样。

露丝拉上窗帘，开了一盏小台灯，在这盏灯光与鲍伯的一支笔协助下，开始从标记为"A"字头的"客户账目"档案下手。她从一个总账移出一大笔数目到另一个总账，签一张一万美元的支票给鲍伯，把他的业务账做到他的私人账，打一张给银行的信封，里面附上一张问候的纸条，夹进等候邮寄的信件中。鲍伯的办公室习惯在每天上午寄信，而不是晚上，因为这样比较不会遗失和延误。她给自己煮了一杯咖啡，试坐了一下沙发看舒不舒服，然后整装，调整一下玛丽·费雪的照片，翻翻员工的私人抽屉，发现里面藏了一封情书，想必是故意藏在办公室以免被丈夫发现。然后她离开办公室，把门锁好，回到鲁卡斯山与霍普金斯护士共住的宿舍。

她每个星期重复做这件事，神不知鬼不觉地从档案"A"做到档案"Z"，直到一大笔钱确实从鲍伯客户的账户转移到他的存款账户。她又用修正液将鲍伯银行对账单上增加的许多个零盖掉，鲍伯习惯一接到银行对账单后不经过仔细阅读便归档，顶多只是瞄一眼现金账余额后发出一声叹息。那些专门处理别人事务的人往往忽略自己的事务。不过，露丝仍然很小心，尽管鲍伯不大可能改变这个习惯，就像他不大可能改变他的恋爱习惯，对女人的爱予取予求一样。鲍伯爱玛丽·费雪，但他和许多人——男人和女人——一样，也喜欢付出和接受路旁野花带来的欢悦。

出于相同的动机，为安全起见，露丝向霍普金斯护士提议，如果她们能并排睡而不是脚对脚睡会舒适得多。露丝可以忍受她的脚露在被子外面，因为夏天快到了，而且身体的热量也可以使霍普金斯护士暖一点。霍普金斯护士同意了，她们把床移动靠在一起，从此两个女人有了更多搂抱、亲吻和性探索的经验。

"像我们这样的女人，"霍普金斯护士说，现在无论出现在医院的哪个角落，她都显得神采奕奕，"一定要学会长相厮守。人们以为由于你的身材和别人不一样，所以你对性没兴趣，其实不然。"

性行为似乎在霍普金斯护士身上体现出强身固本的效果，她的月事正常了，她的眼睛变亮了，她的体重减轻了，身上少穿了几层羊毛衣，连在医院走动的脚步也变轻盈了。

当露丝做完鲍伯的会计档案，坚定而欣悦地将"Z"档案放回架上后，她和霍普金斯护士有了以下这样的对话：

"亲爱的，你不会对这里感到厌烦吗？日复一日的尖叫与嘶吼，一样的疯狂挣扎，不停的注射，把犯人抬进寂静的囚室。一成不变！对病人而言也许变化多端，甚至太多变化，对我们却不然。"

　　"我明白你的意思。"霍普金斯护士说。

　　"外面的世界，"露丝说，"充满着许多可能与刺激，我们大可做个不一样的女人，我们可以打开自己的能量，和跟我们一样的女人——那些把自己关在家里做卑贱工作的女人——的能量。有时优雅的女人也会被爱和责任牵绊，过着她们不想过的生活，被现实所逼，去做她们厌恶的工作，成为慢性自杀。我们可以进入那个活力充沛、充满商机、财富与盈亏的世界，同时帮助她们——"

　　"我还以为那些都是很无聊的事。"霍普金斯护士说。

　　"这都是男人为把女人关在家里编造的谎言，"露丝说，"而且外面还有另外一个强者的世界，由那些告诉女人怎么做和怎么想的法官、传教士和医生所掌控，那也是一个奇妙的世界，理念与权势相结合——我没办法详细叙述它有多么迷人！"

　　"也许吧，"霍普金斯护士说，"可是像我们这种女人要如何打进那个世界？"

　　露丝在霍普金斯护士耳边说悄悄话。

　　"可是那要花钱。"霍普金斯护士说。

　　"一点也没错。"露丝说。

为两位护士举行的惜别晚会声势浩大，每个人都尽情地哭笑，连病人也能喝到葡萄酒。院内弥漫着一股亢奋的气氛，使紧急镇静处理小组格外忙碌。霍普金斯护士留下的空缺由一位海地护士取代，她因为跪在一名病患身上过于用力，竟折断对方一根肋骨，但其他组员都觉得这不是一件坏事，假如她们的出现会令人胆怯，而不是令人期待，她们或许就不需要用那么大的力气了。

　　露丝和霍普金斯护士在公园大道遥远的另一端找到一间空旷的办公室，那是上流市民很少去的地方，高大的摩天楼被破旧的建筑取代，街道狭窄，两旁罗列的不是漂亮的餐厅遮篷，而是堆在肮脏的商店门前的一堆堆垃圾。不过，公园大道两端的电话线路是相同的，所以打电话的人分辨不出他们打的是富豪聚居的那一头，还是简陋的贫民窟一头。有了霍普金斯护士的资金，露丝在这里开起了"薇丝塔·萝丝职业介绍所"。

　　这家职业介绍所专门为重返劳力市场的妇女寻找秘书工作，这些妇女原本就具备良好的技术，但是做了几年的家庭主妇后，都丧失了社会的信任，如今她们经由自己的抉择或出于必要而寻求二度就业。和"薇丝塔·萝丝职业介绍所"签约的妇女都要接受秘书技术的再训练，公司方面也为它旗下签约妇女的婴幼儿筹办日间托儿所，而且为了方便，它还代办购物与送货，这样工作者便不需要在午餐时间偷空去买菜，可以和男性员工一样午休，甚至下班后搭乘公交车回家也不用费力提着大包小包。为了这些特权她们必须付出少许费用,但她们都很乐意。

霍普金斯护士在介绍所的顶楼负责管理日间托儿所,即使不得已必须对特别吵闹的孩子施打镇静剂,她至少受过训练,足以胜任这个工作,并且知道应该注意哪些副作用。她和露丝一起住在离办公室一条街的一间公寓。

"不管你去哪里,"霍普金斯护士说,"我都跟着你。我这辈子没这么快乐过。"

"薇丝塔·萝丝职业介绍所"开张不到一个月便运作顺利,甚至开始有了盈余。签了约的妇女——成百上千的妇女纷纷从郊区搭乘巴士与火车抵达——都心存感激、耐心、负责任,并且勤劳工作。最重要的,经过露丝稍加训练后,她们都认为办公室工作很简单,毕竟她们可是每天都在处理手足纷争与婚姻细节这种更高难度的工作。这些就业妇女现在被统称为"薇丝塔·萝丝",逐渐成为纽约市雇主争相延揽的对象。该介绍所甚至享有一点小名气,被视为一个企业成功的故事,一个意志力薄弱与好发牢骚者学习的典范,专门指导那些曾经努力过或运气不好嫁得太差的妇女应该怎么办。薇丝塔·萝丝本人则始终隐藏在幕后,虽然她愿意偶尔接受报纸的电话访问,却从不出现在人前,或允许自己被拍照。这个部分都由霍普金斯护士全权代表,并且胜任愉快。

"你看,"露丝说,"一点也没必要把自己远离社会。"

"但我需要你，"霍普金斯护士说，"没有你我做不到，人本来就无法完全靠自己。"

不到六个月，露丝已介绍了许多打字员、秘书、簿记员和筹办宴席的人到纽约市各地区，并保证资方若不满意，提早两个钟头通知即可退换。客户都很欣赏她的作风，但几乎没有人这样做，因此，负责任与心存感激成为这一群"薇丝塔·萝丝"的新特质。职业介绍所只收取她们工资的百分之五作为中介费，外加育儿费、采购费，同时逐步增加洗衣和干洗服务。她不建议她们争取女人出头并坚持她们的男人也要平等地照顾孩子和做家事，因为她了解，虽然这个目标值得提倡，但大多数妇女仍然难以做到，何况如果女人想继续保有她们持家的传统角色，同时又想多一份收入，那么实质的帮助最重要。她们的丈夫下班回家后便应该有热腾腾的晚餐在等候他们，有干净的衬衫给他们穿，电视机频道调到他们喜欢看的节目，家庭生活依旧和往常一样不变·这样看来也许不公平，但是家庭和乐满足，男人与女人有祥和的婚姻性生活，这或许是现代社会明显不公平的婚姻体系下所能得到的最大补偿。

每个星期她的员工会来领取工资，扣掉百分之五的佣金，如果她们享受了介绍所的各项服务，有时甚至会扣到百分之五十。露丝总会一个个和她们面谈，讨论她们遇到的困难，设法帮她们解决问题。她会问一点她们工作的公司情形，有兴趣的话还会多问一点。有时她也会在征求她们的同意之下要求她们做一些隐密的事，并以降低佣金作为回报。

露丝等了八个月才接到鲍伯的办公室来电。这段期间，她开始在她与鲍伯曾经共有的账户做一些银行所谓的"无伤大雅的小动作"。这个账户在他们共有的家被烧光前不久，里面的存款已被他提领一空，只剩几分钱，变成静止的户头。因此这段期间她开始把钱存进这个户头，有时以支票存入，有时从邮局转账，有时则存入现金，而且是以个人的名义，将她从薇丝塔·萝丝的业务所得合法收入，这里存一百美元，那里存一千美元。然后偶尔从这里提领二十美元，从那里提领五十美元，有时是现金，有时则以鲍伯的名义开支票。有一次她从鲍伯的存款账户提领了两千美元，签他的名字，然后将这笔钱转进他们的共同账户。这个动作需要她在他的每三个月寄发的银行对账单抵达之后，夜间再度潜入鲍伯的办公室，用修正液涂改银行报表。

不过，银行新进的年轻女员工奥嘉是从薇丝塔·萝丝公司介绍进去的，她有个自闭症孩子在托儿所由霍普金斯护士照顾，所以十分乐于协助。是她帮忙将鲍伯的银行对账单从每个月寄发改为每三个月寄发，省去露丝不少的麻烦与焦虑。同时也是奥嘉做手脚，使共同账户的银行对账单从邮局寄失，永远无法抵达鲍伯手中。

鲍伯的办公室打电话到介绍所要求两位可靠的、有经验的妇女，一位在每个星期三上半天班的兼职女秘书，以及一位在星期一和星期五打杂的女助理——这几天鲍伯都待在高塔。不知以可靠闻名的"薇丝塔·萝丝职业介绍所"能不能帮忙?

当然可以!露丝于是派遣艾西·芙洛儿做星期三的兼职秘书工作。艾西个子娇小,长相甜美,外表酷似玛丽·费雪。她有一双能在打字机上飞跃的小手,伏案的颈子线条优美。她领首的模样像在对命运低头,仿佛在期待某个不很痛苦的打击降临。她对她丈夫已经腻了——她曾经这样告诉露丝。她期待能有奇遇。露丝认为艾西很适合鲍伯。

至于星期一与星期五的工作,露丝派出马琳·费金。马琳有四个进入青春期的儿子,分别由三个不同的父亲所生,如今这些男人全部落跑,因此她格外感激介绍所的购物和送货服务。要喂饱五张嘴的食物重担——而且他们特别爱喝可口可乐,拎起来沉重得很——压得她透不过气,因此任何办公室工作她都不觉得累,连露丝要求她在鲍伯的账簿做些细微的簿记修改工作她都十分乐意,尤其是有时露丝会提到,送货到马琳住的郊区根本就是赔本生意。

艾西来领工资的第一个星期五,露丝问:"你的雇主为人怎么样?"

"色得很,"艾西说,"桌上还有他女友的照片在监视着!"

"怎么个色法?"

"他用手摸我的头发说好软。"

"你会介意吗?"

"我应该介意吗?"薇丝塔·萝丝的女孩都喜欢听命于露丝,

128

听她的话会有好报，有时连佣金也免了。

"我常想，"露丝说，"人应该勇于面对经验，不要拒绝。生命是短促的，我发现，人不应该对已经做过的事后悔，而是应该对没有做的事后悔。"

"我明白了。"艾西高兴地说。有时女人只需要得到允许就够了。

第二个星期，马琳回来报告说鲍伯的办公室盛传艾西和老板过从甚密，说她星期三晚上在办公室待到很晚。

艾西果然如闲言闲语所说，接下来六个星期都是如此，到了第七个星期，她来领工资时，她对露丝说："不只是性爱而已，你都不知道他有多好，多么、多么的特别！"

"这是爱吗？"

艾西用她的小贝齿咬着下唇，垂下湛蓝的眼睛。"我不知道，"她说，"可是，哦，他真是个不得了的情人！"

"那你的丈夫呢，艾西？"

"我爱他，"艾西说，"但我和他没有爱的感觉，不知道你懂不懂我的意思。"

"哦，我懂！"露丝说。

"但是我不知道他对我有什么感觉。"艾西说。

"你有告诉他——他叫什么来着，鲍伯？——你的感觉吗？"露丝问。

"哦，我不能，"艾西说，"不能那样，他，他对我来说是那么重要。"

"你也是啊,"露丝说,"告诉他你爱他,否则他会以为你常做这种事,他也许不知道这对你来说很重要。"

"但我不想把他吓跑。"艾西说。

"噢,告诉他实话怎么会吓跑他呢?"

第二天,鲍伯亲自打电话来,要求介绍所依约把艾西换掉。

"当然,先生,"露丝用极为温婉又高八度的薇丝塔·萝丝的声音说,"请问,是出了什么问题呢?她的打字速度非常快,她的能力很强的。"

"这方面也许是,"鲍伯说,"但她太情绪化,而且我要提醒你,你们保证换人并且不过问原因。"

"是的,先生。"露丝说。

"我是不是在哪里听过你的声音?"他问。

"我想不会,先生。"露丝说。

"我知道了,"他说,"你让我想起我妈。"

"很高兴听你这样说,"她说,"那麻烦你请芙洛儿小姐打电话到我们办公室——"

"她已经走了,"鲍伯说,"哭兮兮的,天知道为什么,你们那边没有男的吗?"

"没有,先生。"

"可惜。"他说完便挂断电话。

艾西来找露丝哭诉,她说,她告诉丈夫自己爱上鲍伯,她的丈夫说"孰不可忍"就离开了。她又把这件事说给鲍伯听，告诉他她有多爱他，他却说"这是勒索！"然后说她被开除了，说他有太多事要做，没工夫在办公室演戏。

"我以前以为，"艾西说，"和老板上床可能吃得开，可以加薪或得到特休，或者升官什么的，想不到都落空，你只是更早被开除。我把自己的一生搞砸了。"

"生命中处处是教训，"露丝说，"重要的是从教训中学习，我想你会愿意重新开始。"

"哦，是的。"艾西说，其实她到这一刻才想到。

"去一个很远的地方，平静祥和的地方，而且到处是英俊潇洒的男人，好比新西兰。"

"我一直想去新西兰，"艾西说，"可是我哪里负担得起这笔费用？"

"真是的，"露丝说，"我们怎么会把自己的生命限制到连金钱这样简单的东西也会缺乏！"

"太不公平了！"艾西说，"我只是想给我的丈夫一点震撼，谁知道居然就把他三振出局？那个天杀的鲍伯！我要讨回公道。"

"你可以写封信给他的情妇，"露丝说，"她有权知道这件事。"

"这个主意太好了！"艾西·芙洛儿大声说。她真的写了一封信给玛丽·费雪，但是没有收到任何回音。

"我想她根本不在乎。"艾西抱怨说。

"我想她会在乎。"露丝说。

"我很不快乐，"艾西说，"他利用我之后又抛弃我，好像我一点也不值钱。"

"我有责任，"露丝说，"因为是我派你去的，所以'薇丝塔·萝丝职业介绍所'要送你这个。"

她交给艾西两张头等舱机票，一张是瑞士航空飞往琉森的机票，另一张是澳洲航空从琉森飞往奥克兰的机票。

"头等舱！"艾西惊叹，"女人通常都不喜欢我，你却对我这么好！"

"我要麻烦你帮我做点事，"露丝说，"在瑞士。"

"不会是违法的吧？"艾西说。和任何人一样，当一切都似乎非常顺利圆满时，自然就会变得紧张兮兮。

"老天爷，当然不是，"露丝说，"只是一点财务上的事。谁都知道，这里的税法不公平，而且对妇女格外不公，瑞士就好多了。"

"我尽量。"艾西说，很容易就相信了。事实上人都是如此，当微弱的道德感横阻在他们想要的东西前方时，他们很容易便能跨越它。

"可是，"艾西看着手上的机票，"这张去奥克兰的机票上登录的名字是奥莉薇亚·韩尼。"

"哦，是的，"露丝说，"我都忘了，还有这个！"她交给艾西一本护照，是她只花很少的代价从校园咖啡馆那个年轻人那儿取得的，护照上的名字也是奥莉薇亚·韩尼，还有一张拍得非常漂亮的艾西的照片。介绍所为每位员工都拍了这样的照片。上面记载她的年龄是二十一岁。

"这是个很美的名字。"艾西说。

"有人这样想,"露丝说,"有人却不这样想。"

"我一向都不喜欢艾西这个名字,"艾西说,"而且,你看,我还年轻了五岁!"

"少了五年浪费掉的生命,或青春,反正都一样。"

"我愿意!"艾西说。

"我知道你会愿意,"露丝说,"谁不愿意?"

露丝从鲍伯的存款账户转了大约两百万元到他们的共同账户。她以鲍伯的名义写了一封信给琉森的一家瑞士银行——瑞士的银行从不过问——开了一个联合账户,以两百万美元的支票开户。奥嘉在经理的办公桌拦截了瑞士银行的查证信函,转账的事顺利通过(为了报答奥嘉,霍普金斯护士正式收养奥嘉的自闭症儿子,使奥嘉得以恢复她的歌唱事业,从此在歌坛上一帆风顺)。露丝本人飞到琉森和艾西会合,将这笔钱又转移到艾西新开的账户,并等到它正式生效。艾西从户头内领出现金交给露丝,高兴地向她吻别,以奥莉薇亚·韩尼的崭新身份进入机场。

很快地,露丝回到"薇丝塔·萝丝职业介绍所",去找霍普金斯护士。

"亲爱的,"她说,"说珍重再见的时候到了。"

霍普金斯护士哭了。

"你不要为自己难过，"露丝说，"也不要为你的不幸怪罪父母，他们虽然在你小时候给你吃甲状腺促进素，但他们的出发点是爱与关心，而且最重要的，他们把钱都留给你。钱是拿来活用的，不是拿来囤积的。我把'薇丝塔·萝丝职业介绍所'留给你经营，还有奥嘉的小儿子让你好好爱他，这两样东西够你忙的了，特别是后者，你忙一点才不会为我伤心。"

"可是你箱子里装的是什么东西？"霍普金斯护士打起精神说，"你又打算去哪里？"

"箱子里装的是钱，"露丝说，"我要去寻找我的未来。"

她走得正是时候，几天之后，一群会计师便来到鲍伯的办公室进行年度查账的工作。他们待了很长一段时间，暂停事务所的工作，鲍伯起先以为是他们办事不彰。

但不久警察便找上门了。

"我不明白你在说什么。"鲍伯说。

"别装傻了，"警察说，"我们很清楚你做了什么。小艾西·芙洛儿小姐让你失望了。你们两个打算去哪里从头开始？南美？"

"艾西·芙洛儿？"鲍伯说，"她是谁？"老实说，他一点也想不起来，老板很少会记得打字员的名字。

22

　　玛丽·费雪痛苦不堪，她的生命到底出了什么差错？她的快乐装在一只有破洞的篮子里漏光了。先是一个女孩寄来一封信说她是鲍伯的情妇，鲍伯否认，他当然否认，但玛丽·费雪现在知道了，这种信通常是真的，这一封自然也不例外。现在她知道快乐的后面一定跟随着不快乐，幸福后面一定跟随着不幸福，爱人是容易受伤的，一定会招来命运的打击。鲍伯终于不再否认，说，好吧，这是真的，但是已经过去了，这根本没什么，你也知道那些打字员，今天来了，明天就走了，哈哈，亲爱的玛丽，我只爱你一个，你是我生命中的明灯，照亮我的道路，你怎能让自己变得这么小心眼，为了一个无名小子，一个居心叵测的无名小子所写的信就这么垂头丧气？于是玛丽·费雪原谅了他，除了原谅他，她能怎么办？如果不原谅他，她会失去他，假如失去他，她想自己一定活不下去。

她又如何能不原谅他，贾西亚的十个指印仍留在她的肌肤上，她又如何能不原谅他？然而，公鹅眼中的美食却是母鹅的毒药啊。

玛丽·费雪住在海边的高塔，一处风景优美、被隐秘与特权包围的高塔。从前她游戏人间，但现在有了爱，她的世界天翻地覆了。先是她爱人的孩子，接着是她的母亲，现在又来了一个穿警察制服的人来敲门。瞧那杜宾狗又叫又跳！她什么也不知道，鲍伯也不知道。"这个不幸来自一个残酷的命运。"她说。

"它来自你的罪恶。"他说。

玛丽·费雪仿佛遭到重击似的摇摇欲坠。这一切都是她的错？当然。毕竟是她激起的爱毁了他们，是她在缺乏爱的时候要求鲍伯送她回家，是她使露丝被遗弃，使他的孩子失去他们的亲生母亲——她责无旁贷。

鲍伯哭了。"这真是一场噩梦。"他说。现在他连她脚下的地面也不承认是真实的。

她心中觉得高塔摇摇欲坠、倾颓、废弃，很可能真是这样。

贾西亚站在门口听到这段谈话，他为高塔的住户垮台而高兴。"爬得越高，"他对我说，"摔得越重，这是自然法则。"

"也没那么自然。"我笑着说。魔女是超自然的，她们从无中生有。

警察登门造访高塔时，玛丽·费雪不在家。他们搜索房间，在她的珠宝盒内找到艾西·芙洛儿的信。珠宝盒藏在一个上锁的抽屉内，连同几串昔日爱人送她的珍珠项链与翡翠胸针，她因为怕触景伤情所以锁起来不给鲍伯看见。她始终忘不了过去，无法完全忘怀。

贾西亚带领警方找到珠宝盒。他没有愧疚，没有良心不安，因为她背叛他。过去玛丽·费雪是他头顶上的太阳，现在她什么也不是。她与鲍伯纠缠不清，变成和他一样——什么也不是。

警察封锁鲍伯的办公室，没收他的账簿。

"我不明白，"他只能这样说，"玛丽，我爱你。"

玛丽·费雪坐在高塔里等待亲朋好友来探望她，但是一个也没出现。他们能说什么？你的意中人，你的爱人，侵吞了我们的钱。我们是作家，有才华的人，不是普通的泛泛之辈，是信赖他人的人，可是你对我们又如何？你的爱人一点也不可爱，他原本打算和他的打字员私奔，但她带着劫掠的钞票失踪了！出于对玛丽·费雪的善意，友人保持缄默。

鲍伯坐在高塔内愁眉苦脸，他不刮胡子，下巴长满胡子，而且都已转为灰白。"你相信我吗，我的爱？"他问。

"我相信你。"玛丽·费雪说。

"那就救我。"他说。

玛丽·费雪雇用全世界最贵的律师，把他们从遥远的地方请来，英语不是他们的母语，她必须再雇用一名翻译。"会很贵哦，"他们警告她，"这种案子有可能缠讼数年。"

"哦，鲍伯，"玛丽·费雪说，"要是你没有对我不忠，就不会发生这种事了。"她说这句话时，看见爱从他的眼中源源流出，如同一条潺潺小溪在寻找它自己的水平面，流进她眼中，她的命运已经注定。他爱得越少，她才会爱得越多。

凌晨三点高塔的大门响起敲门声，警察找上门了，玛丽·费雪急忙打电话到饭店找她高价请来的律师们，但他们听不懂她说什么，他们的翻译不在场。于是鲍伯被带走了。

天亮后终于找到翻译，他说："十之八九会入狱，我们会想办法。"她的律师群想尽办法，但效果非常有限。他们申请交保，并住下来准备这个案子，同时也准备为他们自己申请更困难、更吊诡的政治庇护。他们感激有许多玛丽·费雪这种人的国家。

玛丽·费雪准备出售她的一幢房子，现在并不是卖房子的好时机。她的律师群说一幢房子不够，你有几幢房子？只有三幢？哦，我的天！好吧，这样大概够撑到审判，至少往后九个月没问题。拖延是不可避免的，他们有的是时间，而且被指派的法官亨利·毕索，是一个脾气捉摸不定但广受欢迎的大忙人。不过，他们会想办法保释她的鲍伯，让他回到玛丽·费雪的怀抱。

贾西亚不再深夜探视玛丽·费雪了，他对玛丽·费雪已经没有胃口，现在他喜欢听她哭，干吗要去哄她？

玛丽·费雪孤单地躺在床上彻夜难眠，因为少了鲍伯而哭泣。他是她的孩子、她的父亲、她的每一个人、她的一切。她唯一的安慰是他被关在狱中就不会对她不忠。

高塔的天空上星星依旧升沉，仿佛无视于地上发生的一切。玛丽·费雪想着不知道鲍伯能不能从他的囚室看到天空，他是否想着她。但她每次去探监时都没有问起这件事。

23

亨利·毕索法官住在山上的一幢豪宅，俯视着山脚下的城市。屋子是新盖的，抹有浅红色雾面亮光水泥，四周铺着一英亩面积的塑料草皮，可以用水管冲洗干净，不需要割草。法官看多了，所以害怕抢匪，他在房子四周装上许多锁、栅栏和窗帘，但为了美观，这些防卫措施都由巧匠用铸铁精心打造，从某些角度看它像一座城堡，某些角度看则像一间平房。

里面，最深的色彩是紫色的地毯，许多小灯罩是粉红缎子镶金边，松软的沙发是你能想象得到的最昂贵的橘色真皮，墙上是乌黑发亮的乌木面板，或贴着一张张深红色的绒面厚纸，印度餐厅常见的那一种。这是毕索夫人的品味，不是法官的品味，他任她领导一切装潢事宜，但仅止于此。他喜欢看访客参观客厅时脸上的表情，喜欢捕捉他们迅速升起又立即压抑的瞬间慌乱不安的神色。他那闻名遐迩的智慧就是得自于从法庭上观察那些瞬间的脸部表情，以及他的迅速解读。他对它们百看不厌。

然而，法官认为，空有侦测谎言的本能是没用的，你还必须努力去开发它，观察人们摩挲耳朵、舔嘴唇、迅速眨眼的小动作。

"喜欢这些装潢?"

"是的，法官，太美了!"

"都是我太太的点子，她是个天才，你不觉得吗?"

"当然，法官。"

"她真是个可爱的女孩!"

"当然，你是个幸运儿，法官。"

谎言，一派谎言!

毕索夫人虽然比她的丈夫年轻许多，但长得并不美。这是他选择她的原因之一，他害怕美丽事物的诱惑，他怕人生的嘲讽，他听多也看多了。去听一场音乐会，小偷便偷走你的竖琴;为你的妻子画张像，她就和那个画家私奔;对着一朵美丽的花凝视良久，赞叹造物的天性，你便不知不觉放松，使各式各样伺机而来的事件涌进来把你淹没。假如毕索法官能看到上帝，一定会认为他是天上了不起的剧作家，专门生产B级的脚本，在里面塞满一堆巧合、夸张的事件和荒诞的动机。

因此毕索夫人不是那种会跟画家私奔或导致特洛伊沦陷的女人，她有个大鼻子和往内缩的下巴，一双无神的眼睛和失望的表情。她为法官生了两个儿子，都长得像她，安静而有礼貌。法官以他小时候所受的管教方式来管教他们，也就是说，要是他们做出任何惹他生气的事，他会顺手抓起旁边的东西——沙子、泥土、盐巴——塞进他们的嘴巴里。那种感觉很不舒服，但是安全（某种程度）、迅速、有效。孩子们学会不去惹他生气或打扰他。他以为他们这样比较快乐，再说就算毕索夫人不同意，她也不会说出来。

法官本人虽然六十岁了，但依旧十分英俊潇洒：高个子、宽肩膀、五官匀称、有自制力。他的头发很多，雪白色，每周修剪。法院只要注销照片，一定先登毕索法官的照片，因为他看起来最有一个法官应有的气势——高尚、睿智、坚定但友善。

法官很重视他的工作，他知道他必须超凡于世，防止自己犯错，捍卫自己不可沉沦。他知道他是个不平凡的人，这年头还有谁在脆弱的物质社会中随时准备挥动捍卫正义的利剑？对于一个没有特别伤害你的人，要取走他的性命是件多么困难的事，要剥夺他几年的时间——为这件事剥夺他十二个月，为那件事剥夺他十八个月，又为另外一件事剥夺他十二年——这是多么奇怪的一件事。要由你去判定什么是不好，什么是更糟，实在教人为难。因为你得为自己所言付出天大的代价！但事实就是如此，当它成为你的职业后就势必如此，这是他的天职。

法官的家人也有他们自己要扮演的角色，由于他们是如此特殊的一个人的近亲，他们必须接受命运的惩罚。他们必须非常小心，不可以在夜间吵醒他，不可以为了他们的需求而使他过度疲劳，或唠唠叨叨惹他生气。他们必须存在——因为一个男人必须有一个家让他自由抒发蠢蠢欲动的性爱与生殖力，他才能发挥最大的功能。但他们被见到或听到的机会不可以太多。

无数个夜晚，毕索夫人在距离法官卧室最远的房间里抱着哭泣的婴儿走动。当他们逐渐长大后，她会在清晨时分对他们轻声细语，免得他们稚气的儿语把他从梦中吵醒。她能不这样吗？某个不幸恶棍的前途难道不是仰赖他清晨的情绪？五年的监禁，或十五年？

毕索法官不希望与日常生活脱节，他必须竖起耳朵捕捉普遍不满的声浪，群众舆论的声音。他毕竟是个公仆，但他必须迂回而行，必须向前瞻视。现在严惩强奸犯，你就可以预先防止群众要求将性侵者强制去势的日子来临；今天对重婚者从轻发落，那么所有婚姻的法令被宣告无效的日子就会往后延。他必须听到群众的声音，然而当人们坚持他们的法官必须头戴假发，坐在更像戏院而不像一般咨商室的房间宝座时，他们又如何能听见群众的声音？

因此法官有空便阅读市面上流行的报纸，并和他生活中偶遇的少数群众闲谈——卖报纸的、餐厅侍者、他的理发师、歌剧院内卖节目表的，还有他自己家中的员工。

他的妻子最近通过城里的就业机构雇用了一名长得又高又丑的妇人，名叫波丽·派奇。她的资历很好，有两张证书，一张是通才教育，一张是儿童看护（进阶）。他的妻子雇用她住在家里帮忙做家事。

法官并不认为她会做很久。毕索夫人雇用与开除员工全凭冲动，今天她寂寞了，她会对着女佣诉苦；明天心情好些了，她又会抱怨她被占了便宜，并要求用人立即离职。没有平反这回事：家里的用人仰赖的是他们一时兴起的恩宠。法官希望波丽·派奇至少能待个把月，他发现丑人很有意思，他们似乎能与他无法接触到的现实与知识有联系。他认为他英挺的外表、他的背景、他的才智使他在这个世界一路走来太轻松。他是父母的荣耀，学校的胜利，他这个行业的骄傲，但他置身何处？他认为笨重地走进门、担任照顾孩子的低下工作的波丽·派奇，在她方正的指尖上就掌握着真实的秘密，她可以告诉他这些秘密，那样他就会知道到底是怎么回事。一个男人如果想知道自己是哪种人，即便他是个法官，也必须靠某个东西或某个人来衡量他自己。假如法官对着他的妻子和孩子一弹指，他们会立刻溶进壁纸中消失，但他很难把波丽·派奇变不见，她的外表像砂纸，粗的那一种，不是轻易就可以磨损的。

幸好派奇小姐好像没有要占他妻子便宜的迹象，而且好像也没有被开除的危险。甚至毕索夫人似乎还有点怕她。波丽·派奇有一双凸出的眼珠，不时闪动着粉红的光芒——也许是毕索夫人喜欢玫瑰红色灯光的缘故——叫人不由得肃然起敬。法官估计，她的身材大约是他妻子的两倍，聪明才智也是她的两倍。无疑，她的外表使她在劳力市场与婚姻市场上居于不利地位，这是为什么她会屈就保姆工作的原因。或者，和许多妇女一样，她只是渴望有个家，有沙发、床铺和炉火，以及可以上锁的门防止不肖之徒夜间侵入，渴望有每天一成不变的工作和休息时间，以及洗碗机的轻声细语。她无法独力达成这个目标——因为它必须在比较低的下层社会，透过男人的金钱与首肯——所以她只好进入别人的家庭当用人。

起初法官对家里这个新成员也有些存疑：出现在他眼前的男男女女，罪犯、社会边缘人、失败者，大多数都不讨人喜欢（如果他们不太惹人厌，他们就比较有机会被陪审团宣告无罪）。他知道这种假设是错误的——因为被判有罪的人都是丑陋的，所以丑人都是罪犯——但仍让人隐隐感到不安。也许哪一天他回到家，发现紫色的地毯、橘色的沙发、惊人的现代设计银器、超写实派绘画全都不见了，被利用她做傀儡的集团给偷走了。他这样怀疑。她的品味倾向自然：她把孩子们的床罩里外翻过来，把闪亮的古铜色换成金褐色，使他进入他们房间亲吻他们道晚安时，不会再感到刺眼（他每天晚上照例如仪亲吻他们道晚安，虽然明知他们都假装睡着。为什么他的家庭就应该和世上的其他家庭不同，为什么他们应该比别人更不虚伪？）。虽然拥有崇尚自然的品味并不代表就没有犯罪行为，但也不至于偏向它们。相反，它更有可能创造出一个受害者——被强夺，而不是强夺别人。法官越来越信任她。每当孩子们吵架或哭泣时，她便一手拎起他们轻松地夹在腋下，迅速将他们带出房间离开他的听力范围。他喜欢她这种作风。

后来为了一件关于花生酱的事，波丽·派奇终于赢得他的心。亨利·毕索不准家中有花生酱，这种非理性甚至暴躁的禁令毫无理由，完全是被他命中注定要共事与共同生活的无知者——事实上，根本就是全世界——所激发的。他不久前才从一批社会统计调查结果中发现，大多数犯罪的人在犯罪行为发生之际，都食用了大量的花生酱。

这一类似是而非的统计激怒了他。法官显然认为花生酱是嫌犯在等候审判期间食用的（花生酱一直是监狱中的一种主食），研究中的犯罪时机是依判决而决定，而非犯罪行为，这就将犯罪者排除在研究范围之外了。因此，当辩护律师提出这项统计及其他方便但未被纳入考虑的统计资料，试图为他们的客户减轻罪行，或根本就企图将责任归咎于社会时——辩护律师通常习惯将责任归咎于失业，或铅中毒导致心灵污染，或营养不良，或缺乏教育导致他们的客户行为不良——法官只需要狠狠瞪着辩护律师说："我家不吃花生酱，我不要我的孩子长大后变成罪犯。"这样便能堵住他们的声音，使他们的矛盾不攻自破。这是他开玩笑的话，但他们不觉得这个笑话好笑。

法官衷心希望有那么一天，他的妻子摩琳能抗拒花生酱在这个家的主导力量——因为花生酱是孩子们最爱的食物——从而驳斥这项统计，使他的工作顺利。但她始终不肯低头，和他法庭上的辩护律师一样。也许要她展现比受训精良的律师更高的智慧是对她的期望过高，然而面对他们的不了解他挣扎、哀叹，只好严禁家中吃花生酱以为惩罚。

经年累月下来，毕索夫人已逐渐学会更柔顺、更默从、更没有异议。他觉得她渐渐又变成一个孩子，别人是渐渐长大，她则是越长越回去，他很担心不久的将来有一天他会把盐巴塞进她口中，仿佛她是他的女儿，而不是他的妻子。正因为试图使妻子保有成年妇女的功能，不至于退缩成青春期前的小女孩，他对她施以极端的性行为；至少这是他后来对波丽·派奇的解释。只要他狠狠咬着她的乳头让她痛得大叫，她的乳房就不会消失；只要他用力抓住她的头发，她的头发就会继续生长。这一切都是为她好。

身为法官的另一个惩罚，他是这么对波丽解释的，是它会在法官身上激发出虐待性变态的能量。当形容一起暴力死亡或可怕意外事件时，一股混合着令人战栗与欢愉的痛苦和折磨会穿透旁听者的腰部，同时也会穿透并停留在那些主事者的腰部，从而使他们也感受到痛苦而作出判决。一般由于法官多半都上了年纪，年老体衰，那种有必要藉性行为来释放的痛苦因此便能化为无形，但毕索法官活力充沛，性欲旺盛，为人妻的毕索夫人只好听其丈夫的职业所需摆布，正如医生的妻子必须接电话，水手的妻子必须忍受丈夫离家的深闺寂寞，法官的妻子也必须忍受他的残酷。

为了她好也为自己好，法官会把累积一个月的判决下来所承受的痛苦与折磨在一周之内解决，等那一周结束时，毕索夫人会全身淤青、血迹斑斑而无法下楼吃早餐，但至少会有三个星期的时间供她休养复原。他不是个不讲理的人，她也需要身为法官妻子所带来的身份地位与金钱，所以她必须逆来顺受。

这一切法官都详细地说给波丽·派奇听。自从听到她对花生酱事件的看法后，他开始信任她。一天晚上孩子们上床睡觉，毕索夫人去泡长长的热水澡时，他们坐在燃烧瓦斯的壁炉旁的紫色沙发聊天。

"你一定奇怪为什么我不准家中有花生酱！"那天，法官终于说，"原因是大部分暴力罪嫌犯在犯罪前不久都食用大量的花生酱。"

"也许，"波丽·派奇想了一下说，"是因为大部分在法庭上被控暴力罪的人，在出庭以前都已被监禁了几个星期、几个月，甚至几年——近来我们的监狱人满为患——而花生酱无疑是监狱内的主食之一，因为它既便宜又含有丰富的蛋白质。花生酱与犯罪或犯罪人格根本毫无关系。你的孩子大可安心地吃！"

法官热切地握住她的大手，觉得可以放心信任她。她会全神贯注听他谈话的内容，不在意说话者的身份地位。这是罕见的现象，他因此重视她。要不是他已经和摩琳结婚，他说不定会选择波丽·派奇。他心想，能有一个不畏惧他的密友是件多么愉快的事。而且他们两人的身高相当，他很喜欢。他知道他有欺凌弱小的倾向，尤其是对女人。法官可以和她讨论案子，并发现判决带给他的负担因此减轻许多，也比较不会激发性的冲动，他对待毕索夫人的态度因而比较不那么极端。但这虽然解除了法官的焦虑，却又使他郁郁寡欢——这是一种比较和缓而被动的不安情绪，使男人陷入沉思而不采取行动。

"摆荡、兜圈子，"他悲伤地说，"人类永远那么悲惨——法官的职务是改善一点，让它维持在最好的状态，但顾此却又失彼！我太太就是失去的那一方。美好公平像个跷跷板，我就是那个支点，公平无私在一头，毕索夫人在另一头，她可不是经常摔下来！"

他谈起有个妻子花三年的时间用慢性毒药毒害她的丈夫，但这个丈夫却花更长的时间以残酷的态度慢性谋杀妻子——大约花了六七年的时间。她在自己被诊断出罹患癌症那天开始对丈夫下毒，她的癌症缓解那天他死了。波丽·派奇对这件事有什么看法？

波丽·派奇眼中闪烁着光芒，她说人到最后都不免一死，重要的是活着的态度。

"假如她诉请心神异常，至少我还可以判她住进一所戒护的精神病院。"法官说。但波丽·派奇认为这不是个好主意，他们一起讨论杀人凶手是否应该被判处七年、五年或三年的有期徒刑。谈到杀人，奇数似乎比偶数更适当。因为是预谋，所以对她不利，但舆论又为她请愿。法律是用来惩处的，否则这个国家会看到许多做丈夫的尸横遍野。但也不能判处太严厉的惩罚，否则妻子横死的问题会比现在更严重。

后来他们决定将她判处三年有期徒刑，并由法官明示他的同情，让她有机会提早获得缓刑。

"判决就像在给论文打分数，"波丽·派奇说，"B，C＋，D，等等。"

"可不是，"法官说，"但是比打分数刺激多了。"

受雇于法官家最初那段期间，波丽·派奇常常请假去看牙医，每次看完回来不是少了一颗牙齿，就是把牙根磨平了。

"我希望你找的是个好牙医。"毕索夫人关心地对波丽说。她不明白波丽为什么一定要把她那些很大颗但显然很健康的牙齿拔掉，但她不敢说得太直率，免得冒犯她。她不希望波丽递出辞呈，相反地，她希望她永远留下来，因为法官喜欢她，而且在她的庇荫下，孩子们长得活泼又快乐，家里的运作也很顺利；而法官和波丽谈过之后，对他所做的判决也不再那么紧张，夜里便不再去找毕索夫人，全然忘了要以鞭打与束缚来传达对妻子的热情——一旦她从丈夫宁可找用人也不找她讨论案情的屈辱中恢复后，她心中只有感激之情。

"全纽约市最好的牙医，"波丽用略带模糊的声音说，"而且也是最贵的。"

"你到底做了什么？"毕索夫人谨慎地问。

"我要矫正我的下巴，"波丽说，"放眼未来。"毕索夫人心想，可怜的家伙，这样做有什么用？下巴的线条矫正好了，眉骨凸出不是比以前更像科学怪人？

"我想你试图改善本来面貌也是对的。"她说，还是有点疑惑。

"这不是对错的问题，"波丽坚定地说，"这是我的决心，让人气恼的是要花很长的时间，反正无所谓，我会好好利用时间。"

"上帝把我们安顿在这个世界必有他的用意，"毕索夫人说，"我们应该安于现状，接受我们的鼻子、牙齿，等等。"

"他的方式太神秘难解，"波丽说，"我再也不能忍受了。"

毕索夫人从小所受的教养是女人的功能要随着她所居住的时代和家庭而调整，她相信上帝借着应允谦卑与虔诚的人来达成他的目标，这些事都不容置疑。她警惕地抱着双手，另一方面她又不希望失去波丽。

"只要不吓到孩子，"她说，"我想我也无法反对。"

孩子们似乎很喜欢波丽空洞的嘴巴，他们会偷看她嘴巴里的黑洞，高兴得尖叫。"有龙住在里面，"他们说，"龙和魔鬼。"他们画出魔鬼和龙的形象，波丽把这些画钉在墙上。毕索夫人担心孩子们会做噩梦，但他们从来没有。一家人安详地沉沉入睡：法官、妻子、保姆、孩子等一伙人。

孩子们八点上床，毕索夫人随后十点就寝，法官与波丽坐在炉火前谈到深夜，接下来该发生的就顺理成章发生了。

法官手上有个非常有趣的案子，他花了很多时间与波丽讨论。这个案子已经延宕好几个月，被告的律师团力图提出反驳，但是失败。被告的姘居情妇不断介入，遣散顾问后又雇用一批新的。

"女人的忠诚真是不可思议，"法官说，"男人越坏，女人越盲目。我常发现这一点。"

　　这个案子牵涉到一名会计师长年累月神不知鬼不觉地侵吞客户的钱，不但没有把他代客户保管的钱所得的利息交出来，还长时间侵占这笔钱。这在会计师是常见的现象，因为诱惑太大，尤其是在高利率期间，不过，当然技术上这是违法的。后来这个坏蛋更离谱，他把客户信托的钱投资在迅速获利了结的货币投机风险上，幸运地大捞一笔，显然他十分了解货币汇率的波动走向。他的客户当然没有拿到这些利润，这些钱就这样从他的账簿中消失，想来应该是进了他的口袋。

　　会计师宣称对早期这些不法行为一概不知，并宣称有人篡改他的账簿。"白领阶层罪犯，"法官说，"总是死不认罪，以为他们有本事欺瞒世人的眼睛。相反，蓝领阶层劳工又太急于认罪，有时甚至超过必要，然后才恳求法庭开恩。"

　　会计师的家烧毁了，许多档案与数据同时烧毁，使这个问题更趋复杂。

　　"那未免太方便了!"波丽说，两人心有灵犀地大笑。

　　"这个人真是胆大妄为，"法官说，"他早期的侵吞行为没有被发觉，又继续大量侵占客户的财产，在短短几个月时间内，他转移了一大笔数目到他自己的账户，约有几百万元，然后把这些钱又转移到一个年轻女人在瑞士开的账户，这个女人和他有一腿。"

"他的情妇!"波丽说,"我猜他一定想改名换姓,和她展开新生活。"

　　"这种推论是合理的。"

　　"那他可怜的妻子呢?"波丽问,"他应该结婚了吧,这种人通常很快就结婚。"

　　"她失踪好一阵子了,自从火灾之后。"

　　"便宜他了,"波丽说,"我想他只犯了侵占罪算他运气,没有同时犯纵火罪和谋杀罪!"

　　"他是个性欲旺盛的男人。"法官说,伸展他四体不勤的四肢,望着她一双粗重、毛茸茸的脚。她脚上穿着白袜和白色绒毛拖鞋,和她还算光滑的深色皮肤形成强烈的对比,使他的心思在现实与幻想、真实与巧计中游移不定,他明白,唯有和她发生强烈的肉体接触,某种性虐待行为,他才能得到解脱。

　　"他摆脱他的妻子后,立刻和情妇同居,她是个罗曼史小说作家,我一定要问我太太有没有读过她的小说。但同时他一直在计划大逃亡,和别人一起展开新生活,而且是用他客户的钱。"

　　"看来对他不利。"波丽·派奇说。

　　"当然。"法官说。她的胸部大得出奇,当然她的身材也是。

　　"那么出了什么问题?"

　　"不知道,也许是他的瑞士情妇把钱带走了,或者他在等她的通知,我们还不知道。会计师群介入,起了疑心,向警方报案,就这样。"

"那这是刑事案了。"波丽说。

"我想是，"法官说，"被告很难脱罪。"

"我不希望他脱罪，"波丽说，"听起来他好像是个很惹人厌又危险的男人。"

法官注视着她嘴上的黑洞，她说话的声音浓浊不清，他的妻子告诉他一旦波丽的牙龈复原，她就会装上假牙，至少是暂时措施，等着迎接下一步锯短三英寸下巴的整容手术。他很想和她讨论这件事。

"疼吗？"他终于开口问。

"当然疼，"她说，"一定会疼。任何达成目标的事都得付出代价，相对地，如果你准备付出代价，你就几乎可以达成任何目标。在这个特殊的例子当中，我付出肉体的疼痛。安徒生笔下的小美人鱼想用她的尾巴换一双腿，好让王子爱上她。她得到了一双腿，但她每踏出一步就像踩在利刃上一样。你说她期待什么？那根本是惩罚，然而和她一样，我满心欢喜，我毫无怨言。"

"那么，他也以爱回报她吗？"法官问。

"只是暂时的。"波丽·派奇说，火光照亮她乌黑的头发，使它看起来像红色。法官握住她的手，它看起来似乎应该是温热的，但却是冰冷的。她又重提会计师的话题。

"那些最可信赖的人，"波丽·派奇说，"一旦做出违背他人信任的事，所犯的罪更严重。"

"但他们所受的诱惑也更大，"法官说，"司法必须带点怜悯，还有了解。"

"那他对他的客户又有多少怜悯?"波丽问，她的手指在他的掌心中温柔地滑动，"再说他们都是作家、艺术家，一群在残酷的世界中无法照料自己的人。"

法官看多了作家在诸多抄袭、毁谤、违反著作权法的案件中所扮演的角色，他不认为他们值得同情。

"你会判他多少年?"她问。现在他们并坐在一起，他穿着灰色绒裤、瘦削的大腿贴着她肌肉紧实宽阔的大腿。毕索夫人随时都有可能洗完澡出来。

"一年，"他说，"左右。"

"一年左右! 可是你判那个可怜的、垂死的妇人整整三年! 他应该被多关几年才对，一个受到信赖的人冷酷无情地以不良的意图欺骗、诈取、蔑视只会帮助他的社会，这一定会引起公愤! 你如果这么宽大慈悲，永远当不了高等法院首席法官。"

"啊，可是，"他说，"一个养尊处优的中产阶级被判处一年徒刑，相当于其他阶级的五年，他的心灵会留下耻辱的烙印，他的家庭毁了，他会失去朋友、事业、退休金，一切的一切。"

"普通人最多是冲动，因为一不小心而犯错，中产阶级犯罪却是处心积虑、精心策划，他们的惩罚应该加倍，而不是减半才对。"

他用另一只手捂着她的嘴制止她说话，这表示他必须离开他的椅子蹲在她面前。捂住她的嘴他才不会觉得危机四伏，才不会有陷入深渊的感觉。

她挣脱他的手，站起来背对炉火，跳动的火焰刻画出她的剪影，火焰突然增强，在她背后噼啪作响。

"你一定要听我说，"她说，"因为我是群众的声音，或者说是你所能接触到最接近群众的声音。"

"我听你说。"他说。她的身影挡住了光线，仿佛矗立在纽约港的自由女神像，或伦敦法院的正义女神像：法律本身的坚实形象。他看见她，也听见她所说，两者也许是同一件事。

毕索夫人进来，穿着他最讨厌的那件深蓝色毛巾布浴袍。

"摩琳，"法官说，"上床睡觉！"

毕索夫人迟疑地问能不能单独和法官说话，波丽·派奇服从地离开房间。

"请不要做出任何不明智的事，"毕索夫人说，"波丽也许会离开，那我怎么办？我已经少不了她了。"

"亲爱的，"法官说，"请由我来判断什么才是对你最好。"

于是毕索夫人安心上床睡觉，法官带着波丽来到客房，在里面待了两个钟头。他是个谨慎的人，夜晚最多只花这点时间寻欢作乐——明天早上他必须神清气爽。波丽明白，就像她明白许多事一样，她没有要求他多作停留。

第二天上午，波丽一如往常在早餐桌旁执行她的勤务，帮孩子把下巴擦干净，找鞋带，积极而愉快。毕索夫人一夜好眠，她的丈夫没有要求她履行做妻子的义务，她身上的多处淤青与擦伤因此有机会休养复原，她充分看清这种新安排的好处。她甚至进城去做头发，她的精神忽然得到解脱，士气大振。

法官发现波丽比他的妻子更愿意成为他的性伴侣，他因此解除了罪恶感，也不再以偏颇的眼光看他周遭的世界。他几乎快乐起来，同时给予他的孩子更多的宽容。他们获准在花园玩耍，因为他怕他们踢球时会把植物踢坏的紧张消减了。他眼见他的妻子渐渐退缩回孩提时期，这种现象也不再困扰他了。他决定每个月平均分配开庭日期，虽然他的属下有些困惑，但他们很快便适应了新的管理方式。法官愉快地度过他与波丽辛苦工作的夜晚，将她的手脚绑在床上，用一根老式的竹鞭抽打她。

"痛不痛？"他问。

"当然痛。"她礼貌地回答。

"我不是性虐待狂，"有一次他说，"这只是我的工作造成的影响。"

"我很——"她说，"——了解。人们对你的期待是超乎自然的，这是你的回应。"

他几乎爱上她，他觉得她无比的睿智。

毕索夫人觉得紫色地毯似乎颜色强烈了点，便改换成赭红色，百分之八十天然羊毛，一时间，这个家庭似乎和其他任何家庭没有两样，如果略去夜里在客房发生的事不提的话。毕索夫人甚至开始享受一点娱乐，因为她的丈夫对她朋友的疑虑逐渐减轻，不再觉得他们是在嘲笑他或把房子的设计暗中记下好伺机行窃。

会计师保释的问题被提出来，波丽·派奇反对。

"但他在狱中已经等了一整年，"法官说，"还没有审判！"

"可是我们都知道他有罪，"波丽说，"而且他还干了远比侵吞公款更严重的事。把你的同情心留给那些值得的人吧，顾家的好男人、蓝领工人，那些冲动行事，但总是信守诺言的人，他们才应该被保释。可是这个人能够以人格担保吗？"

"钱是他情妇缴的，这个女人一定在他身上花了许多钱，如果他能从她身上得到这样的响应，他就不会是个十恶不赦的人。"

"正相反，"波丽说，"她爱他，但他却背叛她，他会接二连三做这种事。他和她同居，却又和别的女人上床，他原本准备抛弃她，为何现在又对她真心了？帮这个可怜的女人省点钱吧，我说，不可交保！他会潜逃。"

法官驳回了交保请求，鲍伯回到监狱等待审判。

牙医为波丽装上一排亮晶晶的临时牙齿，所以她说起话来比较没有混浊的口音，话说得更清楚了。法官感到有点可惜，他喜欢从她喉咙深处的黑暗迷宫发出的模糊不清的隆隆声，他喜欢将他的舌头伸进那个曾经长了一排牙齿的裂缝，在磨平了的臼齿上挠啊挠的。不过她现在看上去比较不那么怪异，和其他家人也相处得更融洽。

有时他不免猜想波丽·派奇到底来自何方，又将往何处去，但这种念头不常升起。他已习惯于人们不知从何处冒出来出现在他面前，走进鲜明的中间色法庭，然后又消失在灰色的周边，也许是他的职业使然，他很少主动发问，他没有一颗问问题的心，他不需要发问，法官只要等待人们主动呈上事实：他不需要把它们供出来，别人自然会代劳。

一天晚上波丽·派奇告诉他，性的力量使宇宙更灿烂：它必须像一把火炬照亮它最黑暗的角落，唯有如此才不会有羞耻、罪恶，也不会有战争。她说疼痛与快乐是一体的两面，自由自在才是法律的全部。

这番铿锵有力的话从一个缺了牙的口中说出（因为她的牙齿又送还牙医重做），几乎具备神谕的力量。他经过深思熟虑后，觉得它像冥王的神谕，不像奥林匹斯；它来自冥府，而非天堂。在天堂，他被抚养长大的地方，理性的高山冲破云霄高耸入智者的天空，那里所谈的都是有关感官一旦得到满足，灵魂便会受苦。但波丽·派奇不同意，她宣称，如同魔鬼所说，感官与灵魂是一体的，满足了一方便满足了另一方。

波丽·派奇开始减肥，每天只摄取八百卡路里的热量，但体重丝毫不见减轻，大家都不明白，毕索夫人吃同样的减肥餐，一个月便减了 6.5 公斤，苗条得连法官都对她重新燃起性趣——唉，似乎她愈不幸，他对她就愈欣赏——但她哭叫得太厉害，使他不得不再度回到客房，寻找更冷静、更肉感的波丽。

会计师的案子终于开庭，由于被告不合作，因此引来诸多怒气，而且他不肯告知警方他的女共犯的下落，使警方无法追回失窃的金钱。她曾经在他办公室工作过一段时间，后来被开除——

也许是避人耳目的障眼法——离开她的丈夫飞往琉森，从此销声匿迹。

"他在被告席上看起来如何？"波丽·派奇问。

"很一般，"毕索法官说，"灰色的皮肤，就像被关了很久的人一样，又因为吃了监狱的食物，所以气色很差。"

"我敢说他以前一定常吃鱼子酱和烟熏鲑鱼，"波丽说，"可怜的家伙！"

"省省吧，"法官说，"他既冷酷又不知悔改，死不松口，非常顽固。"

"你会判他多久？"

"这案子还没到审判的地步，"法官说，"我们不知道陪审团会怎么说，但我想会判他五年。"

"不够。"波丽·派奇说。

"不够什么？"他揶揄她。他将竹鞭高高举起在她的臀部上方，当他一鞭抽下去又再度举起时，她的皮肤现出一道清晰的鞭痕。

"够不上我的目标。"她说。

"七年！"他说。

"行！"她说。他一鞭用力抽下去，她似乎有感觉了，发出一声尖叫，音量大到几乎传遍整幢房屋，小男孩在睡梦中不安地躁动，毕索夫人也在睡梦中发出呻吟，梦见她正把胡椒加入一碗罐头蘑菇汤，一只猫头鹰在屋外对着夜色呼呼叫着。

"魔鬼离开地狱的声音。"他说，吸吮淤青的肌肤渗出的精华，无论他谈的是他或她，谁又知道呢？他开始觉得也许他终究属于冥王，那里灵魂与肉体是一体的，而不是属于奥林匹斯。罪犯必须冒险，法官也一样。一个人的快乐建立在另一个人的痛苦上。他夜夜反复强调这个讯息，以淤伤来强调特征，却又模糊神圣与非神圣、白与黑的差别，在肌肤留下鼓起的记号使它升华。

"当然，"一天晚上他对波丽说，话题还是会计师，他现在似乎对他非常着迷，"他们很可能诱导他自称精神错乱，这样他就可能住进一家戒护的精神病院，永远出不来。对于一个不单单侵占公款，又有可能是纵火犯及杀人犯的人，这或许是最好的判决。"

"我认为允许罪犯声请精神错乱，"波丽·派奇说，"是司法上的瑕疵。法官必须勇于面对人性的邪恶，而不是对精神异常让步。我们要裁决的是罪行，不是犯罪的动机或原因。法官的功能是惩罚，不是治疗、改革或宽恕。"

法官很久没听到这么掷地有声的意见了，他听信她的话，认为这象征舆论正在改变。多年来政府的方针已逐渐偏左，民众也大声呼吁实施严刑峻法惩罚对人而非对财物造成的犯罪行为，但现在这项方针动摇了，随时会有大幅度的摆荡；强烈的右倾，财产与金钱又再度变成神圣，而人的痛苦与种种麻烦则被忽略。他乐见这种改变。

当会计师终于接受审判时，毕索法官认为判他七年徒刑似乎合情合理。这个人的两个孩子有几次出庭应讯，每次都见他们口中嚼着口香糖，显得相当冷漠，似乎毫不关心他们父亲的下场。他们穿着邋遢，模样有点面熟，但他想不起来是谁。他认为他们应该梳洗换装之后再出庭应讯，但他们的态度与穿着在庭上看来等于傲慢无礼。

鉴于罪名的严重性——一个身负重托的人犯下冷酷无情、机关算尽的蓄意诈欺——他在答辩时对被告指出，他不可能考虑判他缓刑，即使顾及被告已经被羁押了好几个月。听证会迟迟不开也是被告造成的，因为他不肯认罪，无意归还钱财，甚至拒绝向警方透露同谋的下落。即使辩方不相信他是个慈悲为怀的法官，他还是个公正的法官。被告冷酷无情地抛弃妻子，有两个甚至两个以上的情妇，造成许多人的痛苦。虽然公民的私生活是他个人的事，与法庭无关——这一点陪审团在讨论过程中要记住——但生命中的一部分不负责任，就会影响到其他部分。"更何况，"他说，"财产是平衡整个社会道德结构的枢纽。"他要求法庭上的记者记下这段话，他们都记录了，他很高兴。

陪审团几乎立即作出决定。

"有罪。"陪审团主席说。

"七年。"法官说。

判决之后不久，波丽·派奇向毕索夫人请辞。法官参加完一项有关改革堕胎法的咨询委员会会议后返家——他主张堕胎应该还是国家的事，而不是父母个人的事，并且应该全面禁止，理由是中产阶级白人的婴儿可以领取津贴，却又经常是手术刀下的牺牲者——发现他的妻子泪眼婆娑。

"她走了，"她说，"波丽·派奇走了！一辆轿车来把她带走了，她甚至不肯拿工资。"

"她不可以这样，"法官不假思索地说，"不能不预先通知就离职。"但他也哭了，还有孩子们，一家人抱在一起哭得很伤心，显现难得一见的亲密，他们有生之年都会记得这件事。

"我想她是天堂派来的。"摩琳·毕索说。

"或者是地狱，"法官说，"我有时觉得地狱比天堂更仁慈。"他已经开始怀疑上帝慈善的本质。

法官现在可以脱离刑法转入税务诉讼的领域了，这使他和妻子的性生活渐趋平静，甚至与一般无异。当孩子们惹他生气时，他不再把泥土塞进他们的嘴巴，因为他觉得波丽·派奇也许不高兴他这样做，也或者由于他的生活得到平衡，他觉得孩子们所遭受的震撼与不适比他的不方便更重要。毕索夫人和他又生了一个女儿，他坚持为她取名波丽，但谢天谢地，她的长相比她的名字要好看得多。那是个天真活泼的小可爱，给这个家庭带来许多新气象。为了她，毕索夫人抛弃过去偏爱的大胆的家居色彩，改用温柔的碎花图案，十分温馨可爱。

24

　　玛丽·费雪住在高塔内思索失落与渴望的本质，她仍然对自己说谎，这是她的本性。她相信下雨是因为她忧伤，暴风雨肆虐是因为她的情欲不能得到满足，农作物收成不好是因为她寂寞。这是五十年来最难过的夏天，她一点也不意外。

　　我的看法是玛丽·费雪的痛苦和别人的痛苦不同。她现在的感觉是急躁，她烦恼的是不想要的东西太多：她的母亲和两个孩子；想要的东西又太少：鲍伯、性、爱慕和娱乐。

　　玛丽·费雪住在高塔内，她发现她食不知味，太阳失去温暖，她很惊讶。

　　玛丽·费雪应该知道得更多才对，她是在贫民窟被一个兼差卖笑的母亲抚养长大的，但她早已把过去这些记忆都遗忘了。她仍然不肯面对现实，拒绝接受错误。她不能从中学会教训，她不能谨记在心。她又开始写另一本小说，《欲望之门》。

鲍伯在监狱内的图书馆展开新生活,并为沮丧、失去自由,以及少了玛丽·费雪——或者说,为少了玛丽·费雪带给他最鲜明的记忆所苦,也就是她的两腿与躯体相连的那个部位。我想,他有时会试着回忆她的脸,但玛丽·费雪的五官太规则又太完美,很难记得住。她和所有的女人一样。

然而,时间一点一点过去,一切都依照我的精心设计达成最后目标。我不相信命运,也不信奉上帝,我要做我自己,不做他所命定的我。我要依自己的意思为自己重塑一个新形象,我要违抗我的造物者,重新塑造我自己。

我抛弃束缚我的命运锁链、习惯、风俗、性的渴望、家庭、亲人、朋友,举凡一切自然情感的东西。唯有这样我才能得到自由,才能从头开始。

拔掉这么多牙齿是我改头换面的第一步。牙医事实上并没有把它们都拔光,他只是间隔着拔掉,把留下来的牙磨平到牙龈底下。磨牙非常痛,比法官加在我身上的痛楚更痛,而且每天磨牙和锥心的疼痛很不舒服,不过那时我已经离开法官了。

如同我对法官说过的,为了得到想要的东西,你必须忍受痛苦。你渴望得到更多就要忍受更多的苦,如果你想拥有一切,你就必须忍受一切痛苦。真正可悲的人,是那些莫名其妙受苦却什么也没得到的人。毕索夫人就是其中之一。

我要鲍伯承受漫长的徒刑是因为我的徒刑漫长,我要把他冰冻起来,直到我准备好接纳他。

有时我想，为什么对于我的孩子的父亲，一个花许多时间在我身体里面的男人，我会如此漠不关心他心灵上的不舒服——我不说他痛苦，因为鲍伯吃得好、穿得暖，而且没有责任。事实上，这样的想法依旧困扰着我，我并不完全是个魔女，魔女不会回顾过去，她每天早上都是一个全新的自己，她只关心今天的感觉，不在乎昨天，而且恰然自得。我的身上仍然存有一点点过去的我，依旧是个女人。

　　魔女是极度快乐的，她不会被灌输痛苦的记忆，她从女人变形为非女人的当下表现的是她自己，她把那根又长又尖的记忆之针插入她活生生的肉体，进入心脏，把心烧化，当时的痛苦狂野而强烈，但现在没有感觉了。

　　我为爱之死和痛苦的结束而吟唱。

　　你看玛丽·费雪如何为幸福回忆的痛苦而局促不安，看她多么痛心！还有，她听到许多邻居的闲言闲语，现在没有人用甜言蜜语和奉承阿谀来堵住她的耳朵，事实上，她听见的比实际上更多。

　　玛丽·费雪相信邻居们都在传言高塔的主人不愿意生孩子——换句话说，她很自私，一点也不像女人。他们说她对她可怜的母亲很坏，把她锁在一个房间里；他们说她对她爱人的孩子很残忍，她是个恶毒的继母；他们说她专门破坏人家的婚姻；有些人还说她逼得她爱人的妻子自杀，那个可怜的女人不是失踪了吗？他们说贪婪、邪恶的玛丽·费雪唆使她的爱人犯罪，然后她要不是和她的男仆打得火热，就是生她爱人的气，因为她的爱人看清她的真面目后不肯娶她，所以她生气了，背叛他，不肯救他出狱。

他们说，就是因为玛丽·费雪这种人住进这个村子，把房地产炒贵了，使当地的居民再也没有能力住在自己的村子里。

其实，玛丽·费雪听到的是她自己内心的罪恶感，她误以为那是邻居的心声，但她错了，她听到的是她对自己的自言自语。

有时安迪与妮可所说的话也仿佛暗示他们认为她很坏。

"如果你们不能说动听的话，"她说，"就别开口。"但安迪和妮可不理会她，他们总是和玛丽·费雪唱反调，他们不喜欢她，她也不喜欢他们，但他们已经失去母亲，现在又失去父亲，他们没有地方可去；而且他们是鲍伯的亲骨肉，玛丽·费雪爱鲍伯，或者她以为自己爱他，全心全意爱他，就算他的肉体不在也无所谓。

有时玛丽·费雪真的这样想。只不过到了晚上睡觉时，或清晨醒来，当不满足的肉体发痒难耐——不全然是痛苦，也不全然是无法忍受，它只是无法痊愈——而放出讯息时，她才想到，是的，她唯一在乎的是鲍伯陪伴在她身边，此时此刻。也许她思念的是情欲，而不是爱？

贾西亚倒是春风得意，他恋爱了，或者说他的情欲得到满足了，但对象不是玛丽·费雪。他的恋爱或者情欲对象是村子里的一个女孩，并把她肚子搞大了，于是他把她带进高塔同居。有人，也许是贾西亚的爱人，偷了玛丽·费雪的珠宝。她那些美丽的珠宝，美丽的激情留下的纪念品，在鲍伯之前那些性歧视行为的遗物，都不见了。那个女孩琼恩挺着大肚子，目中无人地在高塔内到处走动，和妮可逛遍每个角落，使玛丽·费雪有不如她的感觉，让她觉得自己根本不是个女人，因为她没有生育。现在她更明白，她是永远不可能生育了。

等玛丽·费雪又觉得没有小孩是她的福气时，那种多余的自卑、平凡、无意义的母爱感又一扫而空。她需要点别的，什么都好。

她的肉体和她的灵魂呼唤着鲍伯。她每个月可以写一封信给他，他也一样。她信中写的都是有关爱情，熟练的技巧随手拈来。他的回信却是犹犹豫豫，尽谈些天气或狱中的食物，并且表达了对小狗哈尼斯和小猫梅西，以及孩子们的福祉的关切。

玛丽·费雪尝试过请鲍伯的父母照料妮可和安迪，但安格斯与布兰达不能、也不愿意。他们说他们住在旅馆里，不是一般住家，他们无法把宠物或孩子带进他们的生活，他们有一个鲍伯就够了，但他却落到这种下场！再说，他们把鲍伯的堕落归咎于玛丽·费雪，因此他们不愿意对她伸出援手。

不过他们倒是偶尔去拜访她，玛丽·费雪很高兴有人做伴。想不到她竟然变成这样！

"这里真是孩子成长的一个好地方！"布兰达说。她穿的是淡紫色和绿色的衣服，她现在比较少穿真丝的料子，改穿薄纱裁制的衣服，仿佛要强调她的不切实际，她欲乘风归去的本性。"这么宽敞！让它空着真是罪过！妮可和安迪住在这里多么快乐，相较之下，他们看来蛮好的。"

她的意思是，相较于玛丽·费雪带给他们的不幸。布兰达带给孩子们的礼物是泡泡糖，它可以吹出一个粉红色的大泡泡，破了之后沾得鼻子、脸颊、头发到处都是，等咀嚼到最后没有弹性了，孩子们便随手把它们粘在桌子和床铺的边缘，陌生人常会出其不意粘到。

"可怜的小东西。"布兰达说，抬头望着她那一对又胖又壮的孙子和孙女。他们接受泡泡糖部分原因是接受她的好意，部分原因是故意惹玛丽·费雪生气，还有部分原因是，虽然他们都在成熟边缘，但他们仍渴望一直当个孩子，他们对夜莺路十九号的乐园生活、美好过往仍记忆犹新，这使他们感到忧郁和沮丧，两人在学校的表现也都不好。

妮可对着杜宾狗的耳朵吹破泡泡糖，那只大狗立刻对准她的鼻子狠咬一口，她不得不在鼻子上缝了十六针把肉和骨头缝合。这是妮可第一次也是最后一次为失去母亲而哭。

玛丽·费雪看出安迪有时会用色欲和猎食的眼光看她。他还太小不该用那种眼光看任何人，更别提他父亲所爱的女人，但她能怎么办？她试着把他们两个送去读寄宿学校，但她知道他们会回来，就像她的母亲从养老院回来一样，他们说这是正常的，她相信。鲍伯则不希望孩子们去探监。

"让他们忘了我吧。"他说。

玛丽·费雪担心他的意思是让他忘了他们吧。

老玛丽·费雪现在缠绵病榻无法下床，大小便失禁，而且服用大量的"烦宁"。偶尔她会忽然清醒，说："我人在哪里？在罪犯窝里！她才应该被关进监狱！"玛丽·费雪沮丧到极点，她哭了，觉得在这个世界上她是孤零零的一个人。

"我们怎么办？"安迪和妮可问。无论玛丽·费雪走到哪里，他们的眼光总是跟着她，有时她觉得自己活在一部恐怖电影里。

玛丽·费雪恳求安格斯和布兰达，为了鲍伯，至少把小狗哈尼斯带走，但他们不肯。

"最好是让这只可怜的动物安乐死，"安格斯说，"狗没有主人不行，人也是。"他用手指比出人与狗之间纠缠不清的关系。

但玛丽·费雪无法扑杀这只狗，以前她可以，现在她下不了手。她知道得太多，她知道哈尼斯会有什么感觉。但我可以杀死一整打的狗而无动于衷，如果这样做对我有利。我已经先拿天竺鼠下手，所以你看！现在我是个魔女，我就不信我不是圣者再临，这次是以女人的形象，在全世界的期待中再现。也许像耶稣基督当年以男人的形象降临一样，现在我以女人的形象出现。耶稣给世人通往天堂的崎岖小径，我给世人通往地狱的平坦大道。我把痛苦与自觉（两者是不可分的）送给别人，把救赎留给自己。我大声呼喊，每个女人都要做她自己。假如我为了自己的利益而被钉上十字架，我也会忍受，我就是要走自己的路，而且凭着撒旦，我做到了。

魔女有许多称号，并且有干预他人生命的无穷能力。

25

　　露丝在法官家达到她的目的后，还需要一个月的时间接受牙龈手术。于是她在布拉威公园附近寻找一个暂时栖身的地方，一个她觉得可以安全地隐姓埋名的地方。许多体型怪异、长相奇特的人都住在这里，当她从旁边走过时没有人会转头看她。布拉威公园位于城市的西郊尽头，是市内一个广阔、萧条、毫无特色的地区，这里住的都是贫民。

　　露丝在瑞士一家银行里有两百五十六万三千零七十二元四毛五分的存款，但她宁可暂时过着俭朴的生活。有钱人容易引人侧目，穷人则默默无闻，他们的生命都披着一件隐形的暗灰色斗篷。露丝也不希望在时机成熟以前引起警方或财政当局的注意。况且，在布拉威公园她不可能遇到任何来自"伊甸园"的住户，对她说："怎么，这不是鲍伯的妻子吗？真高兴见到你！"

　　布拉威公园与"伊甸园"，露丝前后在这两个地方住过，两者都名为郊区，却大相径庭。在布拉威公园，男男女女住的地方都杂乱无章；在"伊甸园"，他们把自己圈在干净整洁的方形围篱内。布拉威公园的女人比男人多，汽车很少车库也很少，只有一座小区游泳池，池水添加了大量的氯气消毒，几乎能让人短暂失明。布拉威公园的居民赚的钱比他们想赚的钱少，女人为了生活所需而不是为了复杂的欲望，不得不蜗居在这里，但至少可以安慰的是，她们知道她们的不平不仅仅是不安分与忘恩负义，还有理直气壮。

露丝在社会福利局外面等了一阵子，直到一位合适的人选出现。那是一位十八九岁的少女，怀有身孕，脚边跟着两个幼儿，手上又推着一辆推车放置她购买的东西。她长得很漂亮，但脸色苍白，心烦意乱。她在公车站等公交车，公交车来了之后，露丝帮她把两个孩子、推车以及她买的东西带上车——车主却袖手旁观——然后坐在她旁边，和她聊开来。

女孩名叫维基，她的两个孩子：马莎三岁，保罗两岁。没有，她没有丈夫，从来没有结过婚。

"我正在找住的地方，"露丝说，"你知道哪里有地方出租吗？"

维基不知道。

"不知你家有没有空房间？"露丝说，"我可以帮你带孩子和做点家事交换住宿，我也可以付你一点房租，你不需要向社会福利局报告！"

可以增加一点收入又多了个帮手的希望克服了维基的疑虑，

因为她住的房子实际上并不适合让任何人再住进来。她让露丝住在后面的房间，睡在一张露营床上，露丝第一次躺下去便把它压垮了。这个房间平常没有在用，因为光线很暗，阴湿寒冷，但露丝在墙上贴了海报，又挂了一块布阻挡几乎剥落的灰泥，使它看起来明亮许多。

"你真幸运，个子这么高，"维基说，"连梯子都不需要，我就是因为没有梯子所以始终没能去整理，还有，这些东西也要花钱。再说，我觉得也没有必要，那是房东的事。"

维基十六岁便离开学校，找不到事做，便领取失业救济金。她的休闲活动几乎和她所能找到的任何工作一样无聊，说不定还更叫人厌烦。她告诉露丝，她小时候便得了哮喘病，医生诊断她的肺脏很弱，因此眼前她能在布拉威公园找到的工作——在一家规模庞大、服务范围遍及全纽约市的洗衣暨干洗公司做工——并不适合她。许多年轻人的肺因长期暴露在蒸汽与干洗溶剂中，健康很快恶化了。幸好维基的病例有存档，她的福利津贴没有因为她不愿接受当地提供的这份不愉快的工作，而被大幅删减。事实上，她也没别的工作可选。

"Nil bastardi carborundum。"维基苦笑着说。这句话的意思是别让那些混蛋吃定你。这是她从一个已成过去式的大学情人那里学来的。

十八岁那年，维基为自己感到难过，为了使生命更有目标和意义，她认为她应该生小孩，于是开始往这个伟大的目标迈进。

有一个你爱的人和找一份工作一样重要。当她有了孩子后，福利局便替她付房租；社会局给她电费和粮食的票券，假如她据理力争，慈善组织"War on Want"还会帮她付瓦斯费和电视频道月租费，并维持她的洗衣机可以持续运转。但从一个部门跑到另一个部门是件费力的事，尤其是她又拖了两个幼儿。因此她往往有了早餐就没有晚餐，诸如此类的现象层出不穷。相对地，政府要求她认识自己的心灵，而不单单是肉体——布拉威公园任何一个丈夫唯一关心的。在布拉威公园，性被视为一种交易的策略，极少被视为两情相悦或调剂精神的来源，同时丈夫与妻子之间的伙伴关系通常为彼此所憎恶。

维基挣扎、反抗、辱骂、嘲笑政府——她的衣食父母——就像妻子辱骂、嘲笑供她们吃住、照顾她们、爱她们的丈夫一样。维基的第二个孩子保罗出生后，看起来像是他父亲的男人与她们母子同住了六个月，一天晚上他出门去买香烟，从此不见踪影。

"别担心，"医院的修女对哭泣的维基说，"他没有被车撞或被飞碟扫过，他不会有事的，一个月后他就会在你家附近出现，和另一个女人同居。这里经常发生这种事，听说，这就是社会结构瓦解的现象。"

"可是他爱我，他对我说过！"

"我猜他是不想让你伤心，小保罗不是个容易带的小孩，而且有些男人不喜欢当非亲骨肉的代理父亲。小马莎现在怎样了？她的小脓疱疹消了没？"

"又复发了，"维基抱怨说，"都是他的错，小马莎爱他！一个男人怎能这样对待一个小女孩？她好伤心！"

"维基，"修女哀伤地说，"要么你带着你的孩子进入保护妇女与儿童的社会体系，也就是名正言顺的婚姻，要么你就远离这个体系，忍受这样的后果。"

"别让那些混蛋吃定你。"维基喃喃地说。

另一个男人很快填补了保罗父亲留下的空缺——人性憎恨空床——待了三个月，便又换一个比较不忙着带孩子的女人，抛下怀孕的维基。

露丝就在这时候找上她。

玛丽·费雪的书在布拉威公园十分畅销，女人买她的书看，男人则买《狞笑的骷髅》和《怪物人魔》的漫画书，各有所好。录放机在这里十分普遍，家庭娱乐以性与暴力的影片为主，这在"伊甸园"是不可思议的事。

"为什么我都找不到真爱？"维基问露丝。露丝帮她打扫房子，扫出橘子皮，扔掉旧衣服，清洗从未洗过的窗帘，找出从没用过的床单和床罩，把油腻和沮丧一并丢弃。

"因为你老在怀孕。"露丝对维基说。

可不是！有些女人天生就是容易怀孕，尽管她吃了避孕药，装了避孕环、避孕帽或计算安全期。男人干吗去阻挠一个多产的女人，既然她喜欢生小孩，国家又愿意给她补助？有个人可以爱，有个事可以做——每个人都愿意。

冬天的夜晚，露丝和维基会坐在燃烧瓦斯的壁炉前说说笑笑，四周挂着湿尿布——她没钱买烘干机，但有了露丝的房租，他们很快就会有了。多惨的生活！有时维基隐约希望马莎或保罗能在新宝宝出生以前不再包尿布，但谁也说不准。你能拿婴儿的肾脏、牙牙学语的幼儿的膀胱怎么办？他们各有自己成长的时间，医院说训练幼儿坐马桶没有用，甚至说强迫他们上厕所会在他们幼小的心灵留下创伤。加上天气这么冷！露丝有时都不得不一口气穿三双保罗父亲留下的袜子——为了顾及维基的心情，他留下了所有的衣物。不久前有人看见他，在一个星期六的下午推着一辆婴儿车出来购物。

修女自有她的解释。

"亲爱的，有些男人喜爱怀孕、生产、迎接新生儿的整个过程，却不喜欢看婴儿成长。有些女人也是这样。谁说这种天性是女人的特权？你不能要求每个人都一样！"

维基始终处于一种不满足状态，经常为炖锅内的食物如此稀少、床铺如此破旧、债务如此令人忧心而惊慌。加上孩子们不但时常喉咙痛、长冻疮，还经常吵闹不休，完全超出她的想象之外。这不是她梦想中的母亲，但她天生有大无畏的精神，愿意不断地尝试。露丝住在后面的陋室，她所付的房租用来购买 Nutella 榛果巧克力酱和 Vegemite 酵母酱涂在孩子们的面包上，买雀巢炼乳加在她的咖啡里，更别提一天要抽二十支万宝龙香烟，还要花公车钱去医院接受情绪咨询与避孕建言，防止她又生下一个孩子——但是那个孩子，第四个孩子，说不定是个天才，说不定他是个完美的孩子，使维基连带变成一个完美的母亲！（怀第三胎时她有严重的害喜，使她非常失望）。露丝有没有想过？维基半笑半哭地问，避孕和堕胎不都一样是邪恶的吗？她是这么觉得。维基这一生如果不靠感觉而活，那要靠什么？

"是的，我有想过，"露丝说，"是有可能会错失一个天才，但那就像赢得爱尔兰大乐透一样，不是吗？根本是不可能的事。"

露丝发现，社会福利局对面有间天主教堂提供免费的日间托儿服务和点心给年轻的母亲，天主教堂内有位佛格森神父。每当维基路过进去喝杯茶、坐下来闲聊几句时，和她聊天的总是佛格森神父。维基爱他。佛格森神父说维基非常聪明，是上帝的女儿，医院老是叫人结扎和避孕是不对的，而且是邪恶的。女人的快乐和成就在于生养一个沟通上帝的灵魂。一天，佛格森神父来访问维基，维基出去了，露丝请他进去坐。

他发现屋内虽然家具简陋，但整理得井然有序，便说："这里和以前大不相同了，我想是你的功劳？"

"是的。"露丝说。

"我需要一位管家。"他说。

"维基也需要。"露丝说。

"维基能够自己打理，"他说，"她只是满脑子孩子。我至少会付你钱。"

露丝说她会把这件事放在心上。

他是个清瘦、柔软的修行人，天生的独身主义者。他涉足于奔放的女性肉体、胸部、腹部和腋下的强烈气味大海中，却义无反顾，从不遥望岸上。他的耳朵精准地调在天籁上，尽管每天遭受妇女的笑声与歇斯底里的情绪攻击，却始终不能让他退却。

一个星期四早上，地上仍结着硬硬的冻霜时，露丝离开维基的屋子，去她的牙医福斯先生的诊所看最后一次门诊。她看牙用的化名是乔琪安娜·蒂琳。这趟路程需要两个半钟头。西郊的特点之一是缺乏公共运输，只有稀少又昂贵的叫车服务。露丝不得不走半小时的上坡路到最近的公车站，搭公交车走一英里半到最近的火车站，上了火车，还得换两班车才能抵达她的目的地，也就是纽约市中心，最有钱、最成功的医生都把诊所设在那一区。

福斯先生的医院里养着小热带鱼游来游去，变幻不定的图案在病人眼前的墙上闪动。他用针灸和催眠术来减轻治牙的疼痛。福斯先生是个脸颊瘦削、和蔼可亲的人，正值凡事谨慎的盛年。

露丝躺在他的新椅子上，发现椅子长度不够，躺起来不是很舒服。福斯先生检查露丝的口腔。

"太好了，蒂琳小姐，"他说，"你的复原能力好极了，这是天生的。你的下巴现在可以禁得起修短三英寸了；通常一英寸已经是极限，但新的激光技术和显微手术使许多过去不可能的事都变成可能。你将创下脸部改造的新历史！当然，为了达到这个目的，我们必须拔掉的牙齿数目，是一般缩小牙桥比例所需要的三倍，我想我比你更难过，为了美观而非健康因素拔掉这么多坚固耐用的好牙，不是一个牙医乐于做的事。但，不管我们高不高兴，世界都持续在往前走。我希望你能同意我采用非常安全又有效的针灸术来控制疼痛。"

"它对哦一颠也没油消（它对我一点也没有效），"露丝说，在不锈钢水槽吐出一小口水后又说，"你很清楚。"

福斯先生又说了一番整容手术对社会的不利影响，因为它占用了训练精良的外科医生许多时间和技术，为的只是满足女人的虚荣心和轻浮。说罢，他叫长腿金发女职员进来收下露丝的钱。露丝付给福斯先生一千七百六十一美元，其中有十一美元是给那个容光焕发的小保健医师，他负责最后把尖锐的牙根磨平和装上临时齿冠的工作。露丝告诉福斯先生，她要在别的地方装永久的齿冠。

"随你高兴，"他说，"我无法阻止你，不过老实说，你不可能在其他任何地方做，他们会收了你的钱，然后给你珍珠般的小贝齿，不但不合你的个性，看起来也会很可笑。"

"那我就改变我的个性来配合牙齿，"露丝说，"再见!"

接着露丝依约去见纽约市著名的外科医生罗许先生。他的专长是改造鼻子。他最早是妇科医生，但后来发现责任太重——要迎来送往生命——相较之下，美容手术既简单又能得到病人的感激。

至少他以前的看法是这样，但露丝却对他做大幅度的、复杂的、甚至危险的整容要求。于是他向他的助手卡尔·甘吉斯先生求助，当露丝进入咨询室时，他们两人都在场。

甘吉斯先生是个坐四望五的人，比罗许先生年轻十岁，却是个投机高手。他本来是个修车厂技工，二十多岁时割除盲肠，当下顿悟人体与机器相差无几，于是转行医药，以一张伪造的大学毕业证书开展他的事业，并且成为一个才气纵横的医生，甚至当一名怀有恶意的护士揭发这件早期的不法行为时，众人也不以为意。

他在罗许先生手下当了几年助手，后来移居加州，当时基因工程正开始蓬勃发展。他仍不时探望罗许先生，并接手他老师束手无策、担忧或害怕的少数几个病例，从他那里得到相当丰厚的报酬。理所当然地，那些能够和百万富豪打交道的人必然也是多金之士。卡尔·甘吉斯先生是个活泼、皮肤细嫩、态度谦和、待人诚恳、身材修长的人，眼神和善，肤色微黑。他的父亲是美国人，母亲来自果亚。他走路像个年轻人，几乎是踮着脚尖走，仿佛准备一跃升空。他的手指白皙，长而有力，指尖是平的，像解剖刀。

他握住露丝的一双大手，摸一摸，看一看，有如母亲观察孩子的手，然后望着她。"我们什么都能改，就是不能改这双手，"他说，"手是我们遗传与过去的证据。"

"那我就戴手套，"露丝不耐烦地说。拥有许多金钱使她变得大胆尖锐而易怒。

"告诉我，"他说，他相信亲切的力量，"你真正想要的是什么?"

"我要抬头看男人,"她幽默地说,发出刺耳的、不安的笑声,"那是我想要的。"

你可以调紧声带,他心想,调整喉头的共鸣改变笑声。没有什么是理所当然的,他看人体多半是不完美的,必须调整、修改来适应灵魂。他自己以前也有模样像榔头的脚趾,现在他在趾骨旁装上塑料片,让脚趾变直,现在就算在游泳池畔,他也可以大大方方地把它们露出来了,而且它们也更能匹配他的个性。他的母亲以前很穷,他一直是穿哥哥的鞋长大的,这对他一点好处也没有。

甘吉斯和罗许先生请露丝脱去衣服,为她量体重,帮她照相,从许多角度研究她。

"大改比小改好!"甘吉斯先生对罗许先生开玩笑说,"抽掉比添加容易。你想她的伤口会不会糜烂?"

"应该不会,"罗许先生说,"牙床愈合得很漂亮,看到没?"

他们望着她的口腔,仿佛她是一匹马,他们正在猜测它的年龄。

"我还想试试她的鼻子。"罗许先生说。

"我会请你坐飞机来做她的鼻子。"甘吉斯先生温和地说。

"你不能在这里做?"罗许先生似乎有些惊讶,"她得飞到国外?"

"我的诊所,"甘吉斯先生说,"在加州沙漠。"

"我可以找个假日去，"罗许先生说，望着窗外纽约市的雨，然后又把注意力拉回病人身上，"心跳很慢，几乎低于正常范围。"

"慢比快好。"

"而且血压也很低。"罗许先生又说。

"都还可以，"甘吉斯先生说，"麻烦的是那层眼袋。"

"你不能割掉就算了？"罗许先生问。

"不能割太多，"甘吉斯先生说，"现在就让她减肥比以后减肥好，而且做起来比较自然。"

"减多少？"罗许先生问。

甘吉斯先生转向露丝，她正在隔屏后面穿衣服，隔屏的高度只及她的肩膀。"等你减了20公斤以后，"他说，"我们再开始做。"

和维基住在一起那段时间露丝一天比一天胖，那个家所能供应的食物以碳水化合物居多，而且贫穷带来的单调乏味的生活，使这两个女人不断吃零食，还帮孩子们解决吃剩的食物。加糖的咖啡和饼干让她们能够撑过漫长的早晨，加了糖的茶和面包又可以帮她们度过难挨的下午。

露丝回到维基家告诉她，她不需要继续住在后面的房间了。

"可是我怀孕了。"维基哭着说，仿佛怀孕让她享有特殊权利。

"你会不断地怀孕。"露丝悲伤地说，开始收拾她的行李。这里的床太短，但所有的床不都是这样？这里的床单又薄又烂，任她洗得再勤快，也洗不掉孩子们的彩色笔尖留下的鲜明污渍。

"那我以后怎么办？"维基哭着说。马莎与保罗抓着露丝的脚踝，但她轻易地甩开他们。安迪与妮可也曾经用更尖利的指甲抓住她的脚踝。有时露丝还会梦见她的孩子，他们朝她伸出双手，但梦醒后她心里明白，他们的手臂早已远离她的怀抱。

"假如我是你，"露丝说，"我会在生产前把他卖给收养家庭，拿一大笔钱，当然，保罗和马莎也可以卖掉，这个世界上有太多有钱人急着要收养漂亮、健康的白人小孩，这样你可以让你的小孩在这个世上展开更好的生活，他们可以有更长的寿命，交到更有趣的朋友，找到更美丽、更性感的伴侣，他们这一生会比你勉强把他们留在身边过清苦的日子好得多。卖掉他们!"

"可是我爱他们!"维基震惊地哭着说。

"他们的收养父母也会爱他们，大眼睛的小东西最惹人爱，假如一只小鳄鱼发出哀鸣，整个食人族部落都会出去寻找看是怎么一回事。而且你想想看，维基，这样你就可以去度假了!"

"可是他们会想我，他们会痛苦，那'骨肉连心'又怎么说?"

诊所里的人谈了许多"骨肉连心"的问题，谈到她都会背了。由母亲照顾自己的亲骨肉所领取的社会福利补助所课的税，比交由国家抚养所课的税要少得多。

"那他们的小脓疱疹呢?"露丝问，"还有他们的冻疮，他们流鼻水呢?"

维基听到小脓疱疹立刻采取防卫态度说，假如露丝想走，最好马上离开，反正她每次都吃超过她的分量，清洁工作也没做好，但维基直到这一刻才敢说出来。

"那姊妹情又怎么说？"维基质问，"你总是说女人应该团结，现在瞧瞧你！"

露丝耸耸肩。维基跟着露丝来到门口。

"你真恶心，"她说，"你没有道德观念，没心没肝，恶心死了！谢天谢地我不像你，你以为金钱等于快乐，不是的，我怎么可能把我的孩子，我生命的意义，拿去换钱？"

露丝走到大门口，维基又追上来。

"假如我真要做如此可怕的事，"维基说，"假如我要卖孩子，我应该去找谁？"

如今的露丝，已经对纽约市里里外外下层社会居民千奇百怪的事了如指掌，便指点她。然后她去找佛格森神父。她知道他是个节俭的人，假如她要减轻 20 公斤，她就必须住在节衣缩食、生活俭朴的地方。

26

　　玛丽·费雪的银行存款所剩无几，而且名下只剩高塔这一处房地产，她的其他房产都已变卖支付鲍伯的诉讼费。税务当局对鲍伯非常不满，又因为玛丽·费雪是他的代理人，便认定她在过去几年中必定大量逃漏税。毕索法官批准他们的要求，驳回玛丽·费雪的上诉，现在她得支付更多的诉讼费。她多年来的版税已被没收，《欲望之门》即将完稿，她对它满怀希望，她必须抱着希望，不管任何地方，人皆如此。

　　玛丽·费雪独守空闺，夜里躺在丝绸被单下哭泣，辗转不能成眠。她谁也不要，只要鲍伯，反正她也没人可要。贾西亚和乡下女孩琼恩随意在屋内没人看到的地方做爱。玛丽·费雪提出抗议。

　　"我高兴怎样就怎样，"贾西亚说，"你有什么立场反对？你自己不也曾经忙到没空接电话，那个时候你激情得很，根本不怕别人知道!"

玛丽·费雪畏惧贾西亚，他知道得太多，而且他很可能说出去，虽然她已经记不得有哪些事和哪些人可说，她只知道必须让他快乐。

玛丽·费雪变得很懒散，情欲不满足的痛苦减少了，或者根本就是已经习惯了。她吃罐头意大利饺子、袋装的甜点，腰围渐渐变大。她记不起鲍伯的脸，不会比他记得她更多，不过她还记得爱，依旧在写爱。她的《欲望之门》写完了，出版商很高兴，说不定她很快又会有钱了？说不定!

玛丽·费雪心烦意乱又满怀思慕，等着填补空缺的情感，一方面仍继续写爱。她写更多的谎言，因为现在她知道它们都是谎言。她记得她的过去了，她知道自己是怎样的一个人。

玛丽·费雪做了一件邪恶的事，她把自己放在悬崖高处边缘的一座高塔上，对着黑暗放出一束明亮的灯光，这束光是虚假不实的，它告诉人们那里有清澈的海水，以及信心和爱，但事实上那里布满了岩礁、黑暗与风暴，甚至死亡。行船的水手应该被警告而不是被诱惑。我之所以报复不单单是为了我自己。

我想，最终我还是会原谅玛丽·费雪许多事，在我让她明白什么是爱，什么叫被丈夫遗弃，什么叫陷入屈辱、焦虑、痛苦的生不如死的生活之前，她的所作所为都是以爱之名为出发点。我敢说，要是我也踩着她的三英寸小脚高跟鞋，我也会做出相同的事。但我不能原谅她的小说。魔女是被允许暴躁易怒的。

贾西亚打电话问我应不应该让哈尼斯安乐死。他无法从玛丽·费雪那里得到明确的答复,她和那只小狗一样,因为鲍伯不在而闷闷不乐。贾西亚说,哈尼斯现在变得焦虑不安,不能自制,看见车辆会失去控制,而且会抢玛丽·费雪盘子里的食物,连兽医都说除了安乐死他无能为力。他问我的看法如何?

"我想你就按照兽医的建议做吧。"我说。我不能让哈尼斯抢走玛丽·费雪盘子里的食物。随着她越来越胖,我将越来越瘦,就是这样。

哈尼斯被送去兽医院,没有再回来。

"你相信上帝吗?"玛丽·费雪问贾西亚。

"当然相信!"他说。

"我以前相信,"她说,"真希望我还能相信,他曾经是我极大的慰藉。"

27

佛格森神父住在市中心区靠近他的教堂的一间屋子，那个地区新建的高楼大厦还没有把旧城低矮的砖造建筑完全驱逐。他想找一位管家已有一段时间，但一直没找成，因为那间屋子宽敞寒冷老旧，又传说闹鬼，冬天没有暖气，夏天没有空调。佛格森神父不喜欢太舒服的环境，他觉得挨点饿，或太热，或太冷，或当他牙疼时，他的灵魂会自在一点。纽约市民都很熟悉他的身影，瘦瘦的身子，满头白发，一脸苦闷，每天早上和傍晚从他的教堂步行到布拉威公园教堂，两地相距五英里。

"他来了！"他的教区信徒会说，"他真是个怪人！他是个怪异的教士，但毕竟是个教士。要不然就是个圣人！"

他三十五岁，但头发早在二十九岁时就变白了，当时他不得不在一间废弃屋为一名吸毒的母亲接生，那个婴儿是个死胎，母亲却欣喜万分，他觉得魔鬼被释放到人间了。

现在他为人群服务。他有一种天主教的优越感，所以不怎么受欢迎。他涉猎政治事务，但他的态度却难以捉摸。他曾经公开倡言，说要喂饱灵魂之前必须先喂饱肚子。他会把罪恶归咎于政府。他大力倡导革命，但是对个人私事却三缄其口。他要求圣餐不可含有酒精；他签名请愿要求禁止核子战争。他的教徒也不喜欢他，但他们觉得有责任去欣赏他，因为他建议未婚者抱独身主义，已婚者若不生小孩就该禁欲。他的教徒认为他疯了：现在他又倡议用抗生素来治疗性病和避孕——必要时甚至堕胎——他到底是怎么啦？社会福利机构认为他是邪恶的人，而且是个无可救药的老古板，就如同把疯狂的行径归咎于月亮一样！

佛格森神父的教堂摇摇欲坠，没有人愿意帮忙把它支撑起来。除了他的房子外，连教堂也传说闹鬼，夜深人静时推门进去，便能听见音乐，闻到焚香的味道，同时惊鸿一瞥看见有白色的影子飘过。教堂外这个新兴的大都市人来车往，白天夜晚车声不绝于耳，这间老教堂里却仍残留着过去另一个小世界的记忆。这个小小世界孕育了当今的新世界，用它的诗歌、它所延续的习俗去丰富它。人们为传说中的鬼魅是神圣的而不是恶魔的说法而战栗，他们还说，神父住的屋子有僧侣的影子来来去去，虽然那里从来没有僧侣住过。

佛格森神父本人从未看见教堂的鬼魂或他屋子里的僧侣鬼魅，他对这些传言严加批评。

"我信上帝，"他说，"不信鬼魂。信鬼魂对全能的造物主是种侮辱!"

一家房地产商想在教堂和房屋所在的土地上兴建一栋办公大楼。佛格森神父的上司财务困难,很想把这块土地卖出去,但佛格森神父很顽固,当地的报纸引述他的谈话说,教会不负责任,把内城拱手让给魔鬼和女权主义者(那家房地产公司的老板是个女的),对不幸的百姓弃而不顾。佛格森神父显然把魔鬼和资本主义相提并论,这真是不幸。这件事闹到了全国性的报纸,不久佛格森神父又上了报纸头条,他倡议教士应该获准结婚,独身与否必须是个人的选择,身为半个男人如何能适当处理上帝这繁殖多产的世界。他用的是"半个男人"这个名词。

"佛格森神父,"他的上司说,"我们有没有听错?你建议让羊享有无性生活的婚姻,让牧羊人享有有性生活的婚姻?这不是很矛盾吗?"

"不如耶稣那么矛盾,"佛格森神父满不在乎地回答,"前一天才狂风扫落叶,第二天又把脸颊对着别人。"

佛格森神父每个星期都刊登广告征求管家,他需要一位管家,他不会洗衣服。他很仔细清洗他的衬衫,但总是洗不干净。他会把衣领洗到布变薄了,污渍却依旧残留,他实在不懂为什么。每次他打开那座吱呀响的大衣橱——那是他母亲的祖母送给她的嫁妆——取出他的长裤时,上面总会出现他发誓前一天没有的污垢。会不会是他挂进去时光线太暗,取出来时光线又太亮的缘故?但屋内的光线一向都不好,从前房屋四周是农田,种满花草树木，明亮的光线从窗外透进来，现在车库和鳞次栉比的高楼大厦高耸入云，吸走了上帝的光，只留下阴暗与烟雾。

有时他会觉得自己住在地狱里。冰箱内的食物坏了，他不明白，食物存放在低温中不是不会坏吗？橱柜内长满斑斑点点的黑霉，也许是他把食物放在里面太久，忘了时间？他不是个好吃的人，但他喜欢吃一小块起司，或一个蛋当晚餐。

当茉莉·魏咸特来应征管家时，佛格森神父觉得他的问题似乎终于可以解决了。她不像别的女人，不可能被他的教友认为有肉欲诱惑。她体格强壮，能言善道，人很聪明。她无所隐瞒，她来应征的理由——医生建议她应该减轻20公斤的体重，她希望在减肥期间也能做点事——虽然颇不寻常，但也还能接受。她不会歇斯底里说屋子闹鬼。她不多话，不是可以在早餐桌上聊天的对象。她不像许多人那样，在脖子上挂着一枚金色十字架，嘲弄我们的救世主之死。她的脸上有几颗长毛的痣，也许这样她才不虚荣，而且不会占用浴室很长的时间——不管白天或夜晚——造成他的不便。她不会追加购买食物的费用。他不认为光减轻体重对这个可怜的女人能有多少帮助，她还是丑，但这不关他的事，他无须多言。

"我是不是以前在哪里见过你？"他问。

"我曾经在维基家帮忙，你知道，就是那个带两个孩子的孕妇，她没有丈夫，住在布拉威公园。"

"我对她没有太深的印象，"他说，"像她那样的女人很多。"

"还会有更多，"茉莉·魏咸特说，"如果你继续对她们说那些教理。"

"我们都是上帝的子民。"他吃惊地说。

他希望她不怕冷，这样就不会浪费不必要的电。她说她以为工作本身就能让她保暖，那是她上任的第一天。她睡在阁楼上的一个房间，每当卡车从楼下的街道经过，就会有灰泥从天花板落下来。她睡的床是镶着铁框的铁丝网，床垫很旧了，旧马鬃做的。

一周之后，茉莉提起佛格森神父的衬衫该换新了，佛格森神父回答说它们才穿十年，她说十年对一件衬衫来说太久了，他说他父亲的衬衫可以穿二十年。她只好作罢。她从衬衫的下摆剪下一小块布缝在袖子底下。神父的领子是可以替换的，他的一位叔叔遗留给他一打领子，它们比那些衬衫更耐用。

"上帝照顾他的子民。"佛格森神父说。

很快地她要求买肥皂和用热水来洗衣服，他说他在意大利读神学院时学习用冷泉洗衣服，而且不用肥皂。茉莉说那里的水质也许比较软，但纽约市的水质是硬的，不过她同意用那些冷、热水都适用的洗衣粉。

她细细检查他的长裤上的污渍，发现衣橱顶上有一种霉菌，不时会渗漏出液体来。她把霉菌清除了。

她买来一百瓦的灯泡换掉他喜欢的四十瓦灯泡，僧侣似的鬼影立刻真相大白：原来每当餐厅的火点燃，就会有一阵风从阁楼刮下来，带动大厅的长窗帘飘飞起来，在楼上的长廊投射出模糊的影子。佛格森神父担心高瓦数的灯泡会增加电费，但她向他保证增加的电费很少。

他听信她，她能引发别人对她的信心。她为他工作了一个月后减轻了 6.5 公斤，她似乎知道自己会怎样，她很孤单，他为她感到难过。

她不帮忙打扫教堂，她笑说一个不信神的人不适合去打扫教堂。她说她不信上帝，但相信魔鬼，不久前才认识他，和他有了愉快的近距离接触。神父觉得他宁可和一个承认魔鬼的人打交道，也不喜欢那些伪称相信上帝，却贬低他的人。

他告诉她外面谣传教堂闹鬼，她说毫无疑问是想买这块土地的房地产开发商捏造的谣言。

在这六个星期间，他开始觉得她难能可贵，是女人中的一颗珍珠。她的体型如此庞大，走动起来却悄无声息。他希望她永远都不要离开。他开始用一点食物来诱惑她，起先是一小块起司，接着苹果，再后来他会在街口的商店买果酱甜甜圈和苹果酥卷回来。这些食物都不便宜，但她的体重下降得越快，她就会越早离去。

他发现如果能稍稍讲究一点，生命或许会愉快一些。他接受一名教区信徒馈赠的一瓶雪利酒——送礼的妇女，他后来发现，她把两个已出生、一个仍在腹中的三个孩子，都送出去给人收养，他们都被送到良好的基督教家庭，虽然都在黎巴嫩。他把茉莉从阁楼叫下来陪他一起喝酒。他深邃的眼睛照映出柔和的火光，她的眼睛则散发出晶亮的红光。外面重型货车轰隆驶过，屋里的瓷器和电灯都为之震动，仿佛地震。屋子里从未有一刻是绝对黑暗或安静的，不管蛰居在里面的幽灵是多么古老。

"那个女人叫什么名字?"茉莉问。

"好像叫维基。"佛格森神父说。茉莉举起酒杯。

"她得到多少钱?"她问。

"即使是在布拉威公园，"神父说，"女人是不卖孩子的!"

"那她们应该开始卖了。"茉莉说。

两人把整瓶雪利酒都喝光。

"耶稣把水变成葡萄酒，"茉莉说，"他不可能对酒有意见。"

"那倒是真的。"佛格森神父说，又打开茉莉刚好带来的另一瓶酒，她说她在减肥，所以不能再喝了，他只好自己喝。

"不然，"茉莉说，"它会蒸发掉。"

佛格森神父最近接到他的主教的一封信，要求他在没有事先和上司商量之前不得擅自对报纸发言，并建议他应该慎重考虑自己是否患了自大罪。

"一个谦卑的人如何能改善社会?"他问。

"不能，"她说，等于允许他犯罪，"再说，什么叫自大? 我想它只是个名词。你是自以为是，他才是自大。"

"一个男人如何才能保持独身，同时又了解他自己的特质?"

"他不能。"她说，这句话等于支持他的轻浮。

他若有所思地望着她，她那两排临时的白牙散发出邀请的光芒。

"你愿意嫁给我吗?"他问。

她似乎吃了一惊。

"一场世俗的婚礼,他们就好把我逐出教会!"

当他说出内心的想法时,忽然从眼角瞥见楼上的长廊有东西一闪而过,几个戴兜帽的男人影像来回穿梭,但他知道很可能是他的想象,或他不习惯的酒精在作祟。

"你有没有看到楼上有东西飘过?"他问。

"什么也没看到,"但她其实看到了,"只有有罪的人才会看见鬼魂。"她又说。他担心这句话也许是真的。

她说她不会嫁给他,她已经结婚了,而且对她而言婚姻应该只有一次,此生不渝。至于其他,为了彼此的利益、为了增加他的自我认知、为了使他成为更好的教士所做的其他任何安排,都必须等待下一步。

佛格森神父万万没有想到他会遭遇挫折。神职人员应该结婚,对异性肉体有所认知是一回事,但能不能结婚或能不能找到任何人上床,则是另一回事。他开始明白世俗世界的生活原来这么复杂。

"你一定要了解,"他说,"像我这样的男人会把我的童贞交给像你这样的女人,绝不可能被解读为冲动的行为,更不能说它是感官的堕落。它应该被纯洁地看待与执行,如此不可能的肉体的结合只有一种含意,就是和你分享我的灵魂,这是最极致的牺牲。"

"你很有说服力。"她说，允许自己被说服。这时楼上的鬼魂起了一阵骚动，但她大胆地注视它们，因此当他把她带进房间时，它们一个个都蒸发了，融入虚无的空气中。

他躺在她身旁，觉得温暖又安全。他有种感觉，他不会有东西进入她的身体——他一直以为性的交会就是这样——但相反的，有某种东西从她身上进入他的身体。

他们吃了培根和蛋当早餐，还有吐司面包、柑橘果酱和咖啡。他没有抱怨她的奢侈。他势必要放弃在布拉威公园漫步，但又觉得这样会招人议论。

"你要不是对我太坏，就是对我太好。"他对茉莉说。她的体重增加了 1.5 公斤，为了他，她放弃减肥。后来他只说："你对我很好。"

他知道他变了，因为当他接受一名妇女的告解，说她使用避孕器，以及她的丈夫离开她时，他没有把这个罪过和结果相提并论。

通常在这种情况下，他会说："我的孩子，你所受的惩罚是世间的，你已得到赦免。"今天他只干脆地说："我的孩子，我相信天上的父会嘉许你的智慧。你很聪明，知道你的丈夫会离开，所以没有将另一张嘴带到这个世上让国家来抚养。愿你平安！"

对于一名有五个孩子的妇女——其中有两个是低能儿，她的丈夫是出了名的酒鬼，会打老婆并强迫她行房——他的建议是叫她去找家庭计划诊所，完全忘了他平日所说的名言"恶人生恶法"，这个概念不但适用于教会事务，也适用于世俗。

他当然要把这件事扩大，这是他的天性。他要对世人宣称他已经不再是"半个男人"，只要他愿意还可以宣称他有和他的管家性交的权利。但茉莉不答应。

"他们会来拍照，"她说，"我讨厌被拍照。"

他能了解她的感受。

到了第三个月，茉莉以教区的基金帮他买了新衬衫和长裤——多年来他一直没花多少钱在个人的需要上。他们一起睡在茉莉的房间，当天气变冷了，他们把三台电暖炉都打开。他开始等待夜幕降临和就寝时间，终于明白为何他的教徒坚持固守性爱的乐趣。

第四个月的一天晚上，茉莉说西郊的问题不在于人人都视为圣礼的性，而是爱。他最近有没有去书报摊看看？他知不知道所有的妇女在现实生活中只能买罗曼史小说来读？如果她们一天到晚阅读这些胡说八道的东西，她们还有什么希望成熟感情，更不用说学到任何道德观念了？

"世间的爱是神圣爱的影子，"佛格森神父说，"我不相信它像你说的那么危险。"

但他记住了她这番话，在他下一次记者会上——自从他收到主教的信要求他谨言慎行后，他每周召开记者会——他说道，既然近来小说出版者（缺少日渐式微的教会的道德引导，他们明白他的看法），成为这块土地最强有力的道德力量，他们应该接受教会的控管。作家本人（而非他们的作品）的社会责任感也应接受检查。作家有权写他或她想写的东西，所以这不是审查的问题，是自我反省的问题。

这番话结果引发一场令人满意的争论，各个作家协会纷纷抗议，使佛格森神父感觉他确实击中要害。当你刺激一国人民并引发他们的强烈响应时，其中必然有不可告人的东西隐藏在里面。不过他的上司随后责怪他干预与教会无关的事务，他只好作罢。

"你太重视他们了。"茉莉抗议。

"我必须服从，"他说，"我终究是个教士。"

"可是你常告诉我，教会的官僚制度是腐败的，他们是政客，你才是上帝启发的圣灵。"

"亲爱的，我想你有点太言过其实了。"不过他很高兴。他同时也放弃了作家这件事，他开始感到倦怠，几乎懒洋洋的。

到了第五个月，茉莉的体重减了 11.5 公斤，他则增胖了 13 公斤。就算他想散步到布拉威公园也心有余力不足了，所以最近他都没去。他在教堂贴了一张通告，说他可以在诊所接受教友的咨询，于是他每个星期坐一次出租车去诊所，但他心中觉得很愧疚。

茉莉在屋子里装了中央暖气系统，暖气渗透到他的骨子里，他的心再也无法持续冷静思考，赞同的话总是脱口而出。他的心情愉快，身体却经常感到疲倦。几百年来默默矗立在屋子一隅的古老橡木家具，在温热干燥的空气中开始从接缝皲裂。住在这里的鬼魂早已被温暖的空气、葡萄酒、食物和性爱驱赶走了，再也没出现。

到了第六个月，茉莉宣称佛格森神父或许天生就该担任教会执事，而不是个田野工作者。这样或许他就可以不再去布拉威公园教区了。

"可是，那样教区就要关闭了！"

"亲爱的，你的功能是当教会身边的一根刺，这是为教会好，你还记得那个天分的比喻吗？"

于是教区关闭了，佛格森神父免去了愧疚。他开始想找点别的事做。

"你的文学责任理论呢？"茉莉说。

"太棘手了。"

"可是，亲爱的，你就是那个荆棘之王！"

他分别给六位当代著名的罗曼史小说家写了一封游说的信，名单是茉莉提供的，其中有四人回信，两人没回，玛丽·费雪是后者之一。

"我想你应该去拜访她，"茉莉说，"我认为不该轻易放过这样的藐视，不理会神职人员的信？太傲慢无礼了！这不但是对抗你，而且是对抗教会！"

"我喜欢你总是站在我这边，"他说，"我早已习惯人们和我争论，有人能这样支持我真叫人欣慰。"

佛格森神父穿上他的法衣，坐上他的新车，开往高塔。茉莉向他挥手道别。

28

玛丽·费雪住在高塔，苦思冥想罪恶与责任的本质。她时常掉眼泪，她已经很久没有和男人上床了。她爱上帝，因为她已没有别的人可爱。而且她仍相信上帝具有爱的特质，就像佛格森神父依旧认为他具有爱的特质一样。

她也爱佛格森神父，但他是个教士，所以她以为他是独身。她绝对想不到他天生是个性爱的拥护者。她只是透过他接近上帝，如此而已。

老玛丽·费雪太太不时从她的床上坐起来大呼小叫："把那只黑乌鸦赶出去，教士会带来厄运。"

仿佛自从鲍伯离开他的妻子，和玛丽·费雪同居后，厄运没有如高塔四周的海水纷至沓来似的。

佛格森神父说它不是厄运，是上帝惩罚她的罪过。他说她是幸运儿，受到上帝的眷顾。看来他是在今生而非来世，惩罚他最爱的子民。

佛格森神父喝光了玛丽·费雪酒窖中最好的葡萄酒。酒窖中的藏酒已经所剩不多了，玛丽·费雪向来把买酒的任务交给男人，但最近男人已经从她的生命中消失了。

这是时势的迹象，每况愈下的现象，不光是人，还有事。她的眼光所及之处无不如此。贾西亚和琼恩所生的婴儿，一出世心脏就有破洞。她无法祈求婴儿健康，更别提他那会偷窃的母亲，但她仍旧为他们的不幸而难过。佛格森神父安慰她，说上帝爱的本质有时——她永远也想不透为什么——使人觉得痛苦与灾难是一件好事。

玛丽·费雪告诉佛格森神父她以前如何对待鲍伯的妻子和孩子。她说她明白这样做是邪恶的，她知道不好的行为不能以爱做借口，她想知道如何才能变好。

"你写的小说是有害的胡说八道，"佛格森神父直言不讳地说，"你必须停止，这样你才能开始变好。"

还有！佛格森神父解释说，她已经对一百万读者的生命造成伤害，她给她们虚幻不实的期待，她个人必须为这些女性大众的痛苦负责。他甚至把现代妇女常吃"烦宁"的现象也归咎于她。玛丽·费雪拿笔的那只手颤抖了好一会儿才停下来。

佛格森神父说上帝是慈悲的，他会宽恕真正忏悔的人，如果他们真正相信的话。玛丽·费雪亟待得到宽恕，她愿意真心真意地相信，并改信天主教。她果真改信了天主教。

玛丽·费雪有了新的信仰非常快乐，她胖了，也再度变漂亮了。她和佛格森神父一起祷告，一周两次。他每个星期二和星期四在她家吃饭，星期四晚上留下来过夜。她要用她的名字，她的名气，她的声誉，来拯救世界，不要给它增添麻烦。她开始写新的小说《爱的珍珠之门》，内容是叙述一位修女渴求上帝之爱的故事。她的出版商非常高兴。

　　但佛格森神父却不怎么高兴，他告诉玛丽·费雪，上帝爱和随性的爱并不互相排斥。

　　"还有一种创作的事实，"玛丽·费雪谈到专业的问题，她比任何人都固执，"是这本小说必须具备的。有了这笔靠它赚来的钱，谁知道，说不定我可以在人间盖一所小教堂。"

　　这句话让他极为震惊，他严厉地谴责她。这天是星期四晚上。她哭着回她房间，留下他一个人。贾西亚仔细聆听佛格森神父的脚步声有没有跟在她身后，他爬上石阶进入玛丽·费雪的银白色卧房，但是没有听到任何动静。他很高兴，他一直很妒忌，玛丽·费雪又再度成为他渴求的目标，他对琼恩很失望，她不但会偷东西，还生了一个有缺陷的婴儿。于是他自己来到玛丽·费雪的房间。

　　仿佛时间在冬眠，静止了很久，现在忽然一跃而起，甩着尾巴，想把自己吞下去。她又回来了。也许她终于从鲍伯的伤痛中痊愈了！

　　然后佛格森神父也来到她房间，贾西亚匆忙避开，毕竟他是个教士。

玛丽·费雪大吃一惊。

"振作起来，"佛格森神父神态自若地在她床上坐下，"比起其他，这是微不足道的轻罪。"

但她不相信他。她看清楚了，她相信爱，但她的所作所为是情欲，崇拜上帝但追随魔鬼。她甚至无法严守她对鲍伯的爱。她视他为人鱼，一个有尾巴又有脚的男人，他们之间没有任何关系。

她受到屈辱。被佛格森神父称为属灵的她，被发现像动物似的躬着背呻吟，比一只母杜宾犬好不了多少。

玛丽·费雪看见上帝从她的生命中消失了，愈来愈小，退回到无限大的永恒，留给她的不是宽恕，而是罪过。

"我们一定要宣告停战，"他说，"停止善与恶、灵魂与身体、精神与血肉之间的战争，我们必须结合善与恶，新的上帝降临不是要驱逐罪恶，而是要迎接它。我们必须先了解自己才能得到救赎。"

现在他的意思是要赶走她的罪恶！她是有罪的。这是她在混乱的生命中唯一能加进去的秩序。

"一切都必须改变，"佛格森神父说，"罪恶的本身也必须改变。"但他看上去像乔叟的"卖赦罪符的人"，肉乎乎的，贪婪而快乐；仿佛他一直都在那里，等着领取他的代价。他用他宽大有力的臂膀拥抱她娇小的身体，用他的棕色羊毛袍裹着她，那是丝绸般细致的质料，不是粗针编织出来的。"我们不能否定我们的负面冲动，"他说，"我们是上帝所创，我们身上的每一个部位都是，我们荣耀灵魂之际也必须荣耀肉体。"

我教会他许多东西。我祝福教士事事如意，祝福玛丽·费雪不幸。贾西亚的眼睛移开钥匙孔，我所知道的这一幕影像消失了。我只知道假如她会跟贾西亚做，她就会跟他做；假如他会跟我做，他就会跟她做，为什么不。但即使是十分钟的快乐我也嫉妒玛丽·费雪。他只能给她这么多。

不过，我也喜欢揶揄玛丽·费雪，在她面前摇晃一颗希望的小星星，再把它移走吊她的胃口。有何不可？我还记得我煮了蘑菇汤，满怀希望看到鲍伯的笑容，还做了鸡肉馅饼，期望得到他的赞美，还有巧克力慕司，好让他离开她回到我身边。结果他没有。让她自食其果吧，她反正也别无选择。

同时，我看到一个保险员在神父的住处附近探头探脑，那正是抵达夜莺路火灾现场，从灰烬中寻找证据的同一个人。他不可能认出我就是眼睁睁看着家被大火吞噬的那个柔弱、发狂、酸苦、笨重的妇人。现在的我苗条、坚强、敏捷。但为了谨慎起见，我应该离开。兀鹰的眼睛是锐利的。

问题是我还必须再减 6.5 公斤。为了将佛格森神父的生命从禁欲的苦行僧变成享乐主义者，我不得不付出代价。男人会使女人变胖，这是不争的事实。

我必须去男人不去的地方。反正我也不再喜欢这里了。佛格森神父已经把自己出卖给房地产开发商，当然，他是他的老板的最爱。拆除人员不时过来测量屋子，仿佛为了打造棺木而测量尸体。我照顾这间屋子临终前的最后一段时期，也带来它的死亡。我赶走了它的鬼魂，同时也驱除了它的灵魂。

29

　　露丝加入一群女性分离主义者组成的公社，这些妇女和男性社会没有往来，她们立即接受她成为她们的一员。她自称名叫蜜莉·梅森。和她们一样，她也穿牛仔裤、T恤、皮靴，以及一件厚毛粗呢外套。她们没有追问她的背景，因为她是女性，而且因身为女性而吃尽苦头，这就够了。她那些新同伴不吃肉也不吃乳制品，彼此互相寻求性的慰藉。她们没有吸引男性的欲望，不过有不少人显然还是有。她们自称是"福女"，集体住在纽约市郊一座聚集着许多篷车的农场。她们共同耕种一块四英亩的农地，种植豆类、谷物、紫草和耆草，收成之后经过处理卖给全国各地的健康食品店。她们有女儿但是没有儿子，儿子都被抛弃，抛弃的方式在外界的眼中似乎很邪恶，但她们认为理所当然。

　　露丝身体健壮、吃苦耐劳，而且不会像一般人形容为柔弱的扭捏作态。她尽其所能协助她们，但庆幸自己只是短暂的过客。

她不想长久生活在她们的世界，这种边缘地带缺少灿烂的色彩，它是丹宁布的颜色，耐用，浸泡在混浊的炼狱废水中，不会闪亮生辉，而且有接近地狱之火的危险。

但生活是困苦的，饮食中只有纤维，少有脂肪。她辛勤耕种、锄地，身上的牛仔裤一周比一周宽松。这里没有磅秤可以量体重，她也找不到镜子。

"外表不重要，"她们说，"重要的是内心的感觉。"

但她知道她们都错了，她宁愿居住在眼花缭乱的世界主流，不愿局促在这个泥泞的世界一隅。但她没有说出来，说了很可能害自己流落街头。这些"福女"不会轻易放过任何唱反调的人：她们把自己变成光荣的非女人。

当露丝察觉她的臀围缩小到几乎和她的腰围一般粗时，她从电话亭打电话给罗许先生。公社内没有电话，这类设施都在管制之列，因为它们是男性科技的特征。除此之外，这群妇女也没有和外界联络的必要。

"你减了20公斤？"

"说不定更多。"

他和露丝约好下周一起去见甘吉斯先生，他说，后者会专程从洛杉矶飞来。

"你是一个有趣的个案。"罗许先生说。

"怎么说？"

"充满挑战！"

"我想让自己变成我想要的模样，不是他想要的模样。"她提醒他说。

一阵短暂的沉默。

"可能要花很多钱。"罗许先生最后说。

露丝把她存在瑞士的钱转入洛杉矶一家银行，转账的工作进行得十分顺利。

她去书店，买了一本《爱的珍珠之门》。

"卖得好不好？"她问。

"很差，"女经理说，"一大堆宗教废话！"接着她大声呼叫一名助理，"爱丽斯，把费雪这些书从书架撤下来，记住，书架上要摆畅销书！"

露丝从书皮割下玛丽·费雪的照片，然后把书丢进垃圾桶。玛丽·费雪以漂亮、优雅的姿态仰望天空，仿佛和上帝之间有一道沟通的热线。她看起来迷人、快乐、娇小。露丝又找了几家书店寻找玛丽·费雪的其他小说，希望能找到一张全身的照片，运气不错找到了。

"哎呀！"甘吉斯先生看到照片时说，"哇，就是她！不过有点难哦！"

"为什么？"露丝冷冷地问。

"头发没问题，脸我们也能做——我们看到的这些都是典型的五官。嘴巴很难，但是可行。等你的下巴线条修短了，就会很好看。当然，我们会尽量从里面做到外面。我们可以大幅度重新雕塑躯体。你瘦了！你是怎么办到的？"

"远离男人。"露丝说。

"这不是我的病人常用的矫正方法！她们宁可多割掉一点肉。但是，亲爱的，这个比例可能会有点怪，这位女士至少比你矮六英寸。"

"那你必须缩短我的腿，"她说，"我知道这是可行的。"

良久，他才回答。

"从大腿骨减短三英寸是任何人所能承受的最大极限。拿掉骨头很容易，只要把它锯断就行了，但是肌肉、肌腱、动脉、脚筋都必须等量缩短，这个不容易，而且也不安全。"

"这一切我自己负责，"露丝说，"你们已经能为人换心、换肾、换肝，等等，我只要求把多余的拿掉。"

"可是拿这么多！"

"现在的外科手术技术日新月异，你们能用芯片技术、显微手术、激光，不是吗？"

"人体还是人体，"甘吉斯先生说，"如果把人体打开一定会留下疤痕，甚至会产生瘢痕瘤，形成皱纹，非常麻烦！万一发生，我们毫无对策。而且我们最多只能从你的大腿骨截短三英寸，不能再多了。"

"那就从小腿拿掉一点。"

"没有人这样做。"

"那你们就首开先河。或者你们可以拿掉一点我的脊椎骨？"

"不行！"他吓坏了。

她得意地笑了，她感觉自己获胜了，他也是。他尝试下最后一步险棋。

"美容整形手术还有一件事，"他说，"就是虽然改变了身体，但改变不了你的人，日子久了，逐渐、逐渐——听起来好像很神奇，但这是我们的经验——身体又会改变来适应这个人。那些有勇气与决心寻求美容整形手术的人，她们的个性也许潇洒，但却不漂亮。你要求的是变漂亮，恕我说一句，漂亮实在是太微不足道的事。"

他说得过火了，因此他打住。

"我有个很能适应的个性，"露丝说，"我试过种种方法来适应自己的身体，以及我出生的世界，但是失败了。我不是革命家，我不能改变别人，只好改变自己。我确信我一定会快乐地适应我的新身体。"

"你可能要花好几百万美金，值得吗?"

"我有钱。"

"可能要花好几年。"

"我有时间。"

"我可以使你看起来年轻，但你还是会变老。"

"不会，旁观者看到的是表面，他们看不到感觉。"

他屈服了。他同意把她带到他的诊所去进行"彻底修复"，他有位助手叫布雷克医生，还会找其他必要的专科医生。他会再写信给她，在此之前，露丝必须回去过她的正常生活。

露丝回到公社翻了半英亩的农地，她感觉腿上的肌肉强而有力，感觉在她身上那件男人的衬衫底下汗水从强壮的肩膀流下。她看见一只云雀飞上天，越飞越高，轻巧脆弱的身体却有着如此美妙的声音。它飞进一小块蓝天，午后灿烂的阳光就从那一小块蓝天洒下来，但不久天上出现一片又黑又低的云层把那一小块蓝天遮住，顷刻间白昼变暗了，一道丫杈似的闪电从方才看到云雀的天空劈下来。

露丝抬头望着开始落下的一阵骤雨，橡皮靴脚下的土地瞬间变成泥潭，于是她拖着沉重的机具回到农舍。

其他妇女都陆续回到屋内，脱下帽子和靴子，高兴地说笑。她们常常肢体接触——拥抱是她们的政策。露丝心力交瘁，很想融入她们，因为她们是那么快乐，但是她不能，她是异类，而且她知道夜幕低垂后有人会暗自哭泣；她知道在这些全身泥泞的嬉闹时刻过后，有人会恋爱，有人会失恋，长得最好看的痛苦最少，长得最难看的痛苦最多，这里和任何地方都一样。

大约十天之后，露丝接到甘吉斯先生诊所寄来的一封信，详列她将接受的手术过程与粗略估计的费用。目前无法详细计算，因为每个人的恢复进程不一样，同时暗示医生要开刀后才能知道病人体内的实际状况。信纸是她见过最淡、最有品味的浅紫色，"妙丽诊所"几个字烫金，底下一块宽大的留白。露丝想起玛丽·费雪的小说封面，这封信使她燃起希望，同时激发她的信心。这件事不但牵涉到浪漫，也牵涉到科学。

"妙丽诊所"将把露丝的下巴修短三英寸，拉高并修饰眉毛，以缝合皮肤的方式降低发线，从皮肤底下往后拉紧松弛的皮肤，改造双眼皮。耳朵要往后拉贴近头颅，并缩小耳垂的厚度与长度。

她得飞到罗许先生的诊所将她的鼻子修直并改小，因为他是"世上最好的鼻子整形医生"（露丝猜想，她的鼻子由他全权负责）。

至于她的身体，手臂底下松弛的皮肤会被拉紧，肩膀、背上、臀部、大腿以及腹部的脂肪必须抽除，假如她仍坚持把腿锯短，肩膀就必须往后拉，使手臂的位置和身体其他部位的比例更匀称。露丝看到这里眉头不禁皱起来。

她必须至少花上两年的时间来完成这些改造过程，如果还要降低身高，则必须花上四年的时间。她要求的是大幅度的改造，肉体与心灵都需要时间疗复。同时还会有一定程度的不适（露丝十分明白，外科医生将病患手术前的感觉称为痛苦，手术后的感觉称为不适）。

她可以随意进出诊所，但手术前和手术后有一定的时间必须躺在床上静养。至于其他细节将等她住进医院做进一步体检后再决定。

诊所方面还约略估算了手术费，脸部大约需要十一万美元，身体大约需要三十万美元，腿部大约需要一百万美元。她应该明白，医生们必须从许多国家飞来，不过，或许会有一些研究基金会提供补助。

　　要创下医学史上的纪录（甘吉斯先生在第三页信纸最末亲笔写道）所费不赀，我们会把腿部的整形放在最后，让医药的发明有最佳的机会追上人类的渴望，不过你会乐意知道目前已经发明一种新科技可以缩短血管的长度，用热来密封边缘。这种科技被用在猫身上效果非常好，但迄今尚未用在人类身上。

　　露丝边吃早餐边读信，她独自坐在污迹斑驳的早餐桌尽头，大口咀嚼一碗当天早上的值日生负责调配的果麦。今天早上轮到值班的是红头发的小苏。

　　"果麦好吃吗?"小苏问。她有一张漂亮但不开朗的脸，两条淡而直的眉毛在眉心交会，仿佛一根线断成两截，断的不仅是她的脸，还有她的性格。

　　"好吃极了。"露丝说。

　　"很好，"小苏说，"这个星期我不想让大家再吃糖和干果了，你吃的几乎是纯燕麦。这是好事，你知道，我们都可以学习欣赏对我们有利的东西，这是教育的问题!"

　　"我明白，"露丝说，"有这么好喝的井水，谁还需要牛奶!"

　　"你那封信有什么有趣的消息吗?"小苏问，从那张又干净、又诱人的浅紫色信纸嗅出一点端倪。

"我母亲寄来的。"露丝说。这是她脱口而出的第一句谎言，但她确实记得很久很久以前，她的母亲在纽约都是用浅紫色的有紫丁香气味的信纸写感谢函。

露丝打电话到"薇丝塔·萝丝职业介绍所"找霍普金斯护士。介绍所现在有自己的交换机了，接电话的女孩应对客气、彬彬有礼，十分有效率。

"亲爱的，你好吗？"

"亲爱的，我好想你，但我实在太忙了。"

"你的口气像个男人，"露丝说，"小男孩好吗？"她指的是奥嘉的亲生儿子。

"长大一点了，而且很壮。"霍普金斯护士高兴地说。

"你也是！"露丝羡慕地说。

"我知道，而且我想我总算开始尝试解决我的问题了。鲁卡斯山现在在试用一种新的镇静剂，我可以通过我们的员工拿到药，这个孩子将会有完全不同的表现，我相信。"

"我们在格林威斯有熟人吗？"格林威斯是鲍伯被监禁的监狱名字。

"有一位艺术治疗师，还有一位典狱长的秘书。干吗？"

"我想见其中任何一位。"

"我来试试看那位艺术治疗师，"霍普金斯护士轻松地说，"她有个孩子在托儿所，她每次都很早把他带来，她是个很棒的画家，最近正打算开画展。她叫莎拉。"

露丝和莎拉在一家僻静的咖啡馆见面，她询问鲍伯的状况。

"他适应了，"莎拉说，"好不容易。"

"好不容易？"

"他有一阵子很暴力，在判决之后。当然，他很偏执，他一直说有人在关说法官，我觉得他应该住进鲁卡斯山才对，疯狂与犯罪常常只有一线之隔。"

"但人们可以离开格林威斯。"露丝说。

"总有一天。"莎拉承认。她的皮肤略黑，圆脸，长得很漂亮。她喝黑咖啡，不吃丹麦酥皮面包。莎拉注意到鲍伯现在有点沮丧。她知道，从他在艺术教室编篮子时所挑选的颜色可以看出。她想叫他用大胆的原色，但他总是坚持用暗褐色和驼黄色。他的访客也让他情绪低落。

"他有很多访客吗？"

"有一位矮个子的金发妇人有时会来。"

"没有孩子？"

"没有，这样也好，那个妇人来已经够糟了，会面之后他会一连几天瞪着空中发呆。"

"那也许她不应该去！为什么他不写信叫她不要去？这就像儿童住院一样，如果家长不去探望，他们反而很快便能适应。"

莎拉说她觉得这是个好主意，她会这样建议鲍伯。他们其实蛮熟的，每个星期四他们都一起参加提振士气的聚会。

"听起来倒是一座蛮好的监狱。"露丝说。

"是啊,"莎拉说, "真不明白为什么自杀率还是那么高!"

露丝写信给"妙丽诊所",接受他们的条件,但要求他们申请补助金。金钱永远是人们关注的焦点。

她向她的身体道别。她在大厅放置靴子、皮鞋的地方脱光衣服,站在长镜前审视自己的身体。那是她在公社内唯一能找到的镜子,它靠在墙上,是一面镶金边的佐治亚式大镜子,镜面暗沉斑驳,被靴子不小心踢到的镜框边缘有点剥落,一道细细的裂纹横跨镜面,但镜子中央仍然完好无损,足以反射出清楚的身影。

她望着与她的天性大相径庭的身体,知道自己会很高兴摆脱它。

"没错!"轮值调配果麦早餐的苦瓜脸小苏说。她进来采收种在墙角的豆苗, "有时把衣服脱光的感觉很棒。你的身材好健壮!"

"我想我必须离开这里了。"露丝说。

"为什么?"

"我需要隐私。"

"为什么?你有什么事需要隐瞒吗?如果你说出来会舒服一点!我们都是朋友,我们互相帮助,而且你根本不需要照镜子,其他女人的眼光就是真实的反映,镜子只能照出肉体,不能照出灵魂,女人的灵魂。我每次都叫她们把那面镜子拿出去扔掉,它是个诱惑,但就是没人肯听。"

"它很值钱，它是古董。"露丝说。

正说着，小苏拿起铲子朝镜子扔过去，镜子破了，无数的碎片落在地上，跳了几下发出一点声响，如同质量良好的水银镜破碎时发出的声响一样，然后一切又复归沉寂。

"那我们这里更不需要它，"小苏说，"女人被物质、被男性的价值观奴役太久了。"

一群女人闻声而出。公社内没有电视，所以任何一点声响都会引来大批人围观。小苏宣布露丝要离开的消息，她们都很替露丝担心。

"你怎能背弃爱与和平，"她们说，"以及清一色女性创造的喜悦?"

但露丝觉得她可以，而且不费吹灰之力。她们扣她二十七美元的洗衣费，又没收她几件小东西，包括闹钟和真皮园艺手套，惩罚她没有事先通知。并且她们拒绝开车载她去三英里外的车站。露丝必须自行徒步，她们用怀恨的眼光目送她离开。

露丝买了头等舱的机票到洛杉矶和"妙丽诊所"，又搭下一班航班离开洛杉矶。她没有行李，只有几本在机场买的书。她不想从她的过去带走任何东西，少数几个她用得上的电话号码早已深印在她脑海里。

30

　　玛丽·费雪住在高塔，她但愿自己没有住在这里。事实上，她也不想住在其他任何地方。老实说，她想一死百了。她想住到一个有星星、有海浪的地方，她希望她生命的火花熄灭，永远、永远。她是浪漫的，即使不想活了也还是浪漫。

　　佛格森神父说："不能再这样下去了，这是罪过。"

　　"我知道。"玛丽·费雪说。她现在相信地狱了，她就置身于地狱中，而且知道她罪有应得。她具备了教士的世俗知识！

　　"你在考验我。"他说。

　　"我知道。"她只这样回答。他收拾他的帆布提袋去找雅丽丝·艾波比，她的小说非常畅销，而且她有智慧，还有一张在书架上到处都可以看到的可爱的面孔。他不是一个好情人，他缺乏经验，也许雅丽丝·艾波比能帮助他如愿以偿。

　　玛丽·费雪接到鲍伯寄来的一封信，要求她不要再去探监。

"你的探访会妨碍我的适应——"玛丽·费雪以为他知道哈尼斯被安乐死的事了。她自己也一直无法释怀，并为此而自责不已。于是她不再去探监了。

她站在高塔的窗前，差点跳下去。但她能跳吗？她沉溺在她的自我认知，她的新体认，以及她的新善良之中。如果没有她，她的母亲如何颐养终年，还有才刚掀开生命新页的安迪或妮可？玛丽·费雪必须活着爱他们，因为没有别人能爱他们，而且，谁知道，也许他们这辈子都不会有人爱他们了。何况假如她回绝了生命的礼物，她不就做了一个最坏的示范？这是接力赛的棒子，她必须好好传下去，否则整场比赛就中止了。爱对她来说将会结束，但是要以它自己的方式，它自己的时间。

玛丽·费雪的情绪低落，她照镜子，看见她的头发变稀少了，肤色暗沉。她的体重减轻，当她上街时，她只是另一个踽踽独行的老妇，紧抓着剩余的生命不放，路人的眼光也不再停留在她身上。

银行来信通知她已经超支，她必须出售高塔。她一点也不难过，她告诉贾西亚和乔安妮——他们是高塔里仅剩的员工——他们可能领不到薪水了。

"你不能这样。"贾西亚说。

"我可以。"她说，直视他的眼。他垂下眼光，她奇怪自己为何没有早早这样做，她有什么好害怕的，充其量不过是面对她自己的罪过罢了。

"那我们要住在哪里?"孩子们问,还有老费雪太太,这是他们头一次这么乖巧、温和、讨人喜欢, "我们如何生活?"

"和别人一样," 她说, "住在小但实际的房子里,应该还有足够的钱住这样的房子。"

但一切都太迟了,她累了,累了。成功之后紧接着是失败,她的身体察觉到她先前的绝望,抓住机会,回到脱序的混乱状态,本来稳定发展的形态开始失去控制,现在细胞盲目地增生,像孩子们放学一样乱窜。

玛丽·费雪背上出现一再复发的剧痛,她去看医生,他送她去医院做检查,对诊断出来的结果不表乐观。

她不情愿地住进医院,和任何人一样,说: "我不能去住院,还有许多事要做,没有我,他们怎么办?"

玛丽·费雪自己并不知道,她其实是快乐的。如果真有快乐的话,那就是一种被重视的感觉。

有意愿的买主纷纷来看高塔,这阵子房地产下跌,石油价格居高不下,没有人真的愿意住在这么遥远的地方,而且悬崖逐渐在崩塌,说不定整栋建筑很快就会陷落在海中。要防止它倾圯势必要付出很高的代价,正如你要容忍生命,就势必要拥抱、支持、强化生命的本质一样。

31

甘吉斯先生喜欢他的工作，他觉得这几乎是世界上少数几种无可挑剔的职业之一。社会工作有可能被视为支持制度，一般医疗有可能被视为养成制药公司，教育有可能被视为奴役幼小心灵，艺术有可能被视为无益的精英主义，任何一种企业都有可能被视为在压榨资本家脚下的穷人，等等，但美容整形外科手术却是纯净的，它将丑陋变成美丽。甘吉斯先生认为，改造人类的身体——灵魂的躯壳——是一个男人所做的最具母性的行业：在痛苦与焦虑中塑身、成型。当然，痛苦与焦虑的不是他，而是病人，但他还是有感觉，任何事都不可能无中生有。

他认为他会喜欢和玛莲·杭特合作，他觉得她像个等着被打开的巨大包裹，那种在儿童的庆生会上被传来传去的包裹，被一个好心的妈妈用一层又一层的纸张包得丑丑的，等待笨拙的手指拆开，最后音乐停了，宝藏即将公开！她像那个礼物，他对它充满期待，也期待她的感激。

他亲自引导杭特小姐到她的房间，那是一间柔和的浅紫色房间，有优雅的香味，就像诊所的信纸。点滴注射器、口罩和亮白的现代医学仪器平整地包好放在角落里。宽大的窗子望出去是一片红色的沙漠，远处还可以看到一处悬崖，一处陡坡。近景的地方种了一簇簇鲜艳华丽的花朵，在这种雨水稀少的气候之下显然需要大量的水来灌溉。

"你喜欢吗?"他问。

"我母亲会喜欢。"她回答。

他想他也许会让她的声带顺其自然。一个大块头发出刺耳的声音听起来会觉得很粗哑，但是从一个娇小的身材发出刺耳的声音听起来却会让人觉得很性感。他发现这是男性与女性为了肉体的吸引而产生的平衡。纤弱的身体会产生男性的欲望，低沉的声音会与细腻的姿态联结，依此类推，欺瞒会与诡计联结，一点也不单纯。

杭特小姐没有选择和她的同好打成一片，她大半时间都待在她的房间里，看电视或翻阅杂志。

"你可以学学语言。"他为她担心，便建议她。

"为什么?"

"你也许会想去旅行，"他说，有点惊讶，"手术以后。很多人都这样，她们喜欢展现崭新的自己。"

"那就让她们来学习我的语言吧。"她说。

"这是让你有事可做。"他又重复。她让他有孤独的感觉,仿佛他是她的欲望的仆人,而不是它们的主人。"整形要花上很多等待的时间,再说,就心灵的进步来说,这总是一件好事吧?"

"我是来改善我的身体,"她回答,"我的心灵没有问题。"

他是她的皮格马利翁,但她不会依赖他,或欣赏、感激他。他已经习惯于被他一手创造的女人所爱。当他沿着走道查房,放轻他的脚步声,隐藏自己的形象,一个个探视她们,这里说几句祝福的话,那里说几句鼓励的话,为过去而欷歔时,背后总会传来轻轻的爱慕的叹息。但杭特小姐从来不会。总有一天他会让她就范。

他先做她的脸。他在她的双眼底下填上一点组织,只有一点点,然后抬高上眼皮,现在瞳孔底下的眼白比较少了,而且比原来的位置高一些,使她的眼睛忽然变宽,而且变得天真无邪,和她的头颅相较之下比例也变大了。这双眼睛非常迷人,就像小猫的眼睛,或任何一种小动物——甚至鳄鱼——那样迷人。

甘吉斯先生的助手是年轻的约瑟夫·布雷克医生,他在棒球场上大胆而奔放,在手术台上却细腻而谨慎,他对杭特小姐向往的那张脸赞美不已。他们将露丝提供的一张玛丽·费雪的照片投影在他们的手术室墙上。

"这张脸看起来好像很面熟。"布雷克医生说,回想在什么地方见过——每个地方都想过了,就是没有想到诊所图书室内各种书籍的封底。这里的病人不是个个都爱阅读,她们通常只是翻翻杂志，抱怨杂志过期。只有偶尔会有一两个人安安静静地阅读罗曼史小说或惊悚小说，不过她们喜欢把书留下来，否则她们会觉得很丢脸。她们相信她们是真正爱读书的人，只是在压力之下暂时翻阅这种书当做休息而已。

杭特小姐的眼睛好了之后，他们切开她的下巴整平，等淤血的情况稍稍减轻后，他们修饰下巴的线条。他们从她的臀部取下没有毛囊的皮肤移植在她的发线，使她的额头加宽露出清晰的蛾眉。他们又切开下巴底下的皮肤，一直拉到脸颊，拉平了缝好。他们用硅胶将嘴巴和鼻子四周的皱纹填平，再用激光补缀切断的血管。他们除去她下巴上的痣和毛等，并趁这个机会将她的嘴角往上拉，这样她便有个愉快的表情。

新牙植入了，一颗接一颗，用一种极其繁复又痛苦、现在已经很少有人用的方式，植入福斯先生为她做好的下颚。牙医技术人员从玛丽·费雪的照片发现她的牙齿并不规则，但有它的缺陷美。它们粗壮坚固，即使是牙齿也可以令人心生畏惧，它们显然是用来咬东西的，不是用来说出口齿不清的话。

现在那个鼻子在杭特小姐甜蜜的脸蛋上显得格外粗大与弯曲。她的头颅与身体的比例似乎太小，这是预料中的事。

杭特小姐每个月开支票给他们，虽然有时一点细微的动作都会为她带来无比的疼痛，她仍然眉头不皱一下迅速地在支票上签字，仿佛认定金钱才是他们双方交易的基础，而不是共同努力之下可以彼此关照、分享的乐趣。这点让他很伤心。

她同意飞回家乡休养她的鼻子。罗许先生自愿陪她飞回去，但她回绝了，她家里还有事情等着回去办。她躺在担架上，由一组医疗看护随行。

　　他们后来向甘吉斯先生报告，虽然她的肉体仍在极大痛苦中，她却已经指示中介公司为她买下了一笔房地产：一处偏远地方的悬崖边上一座破旧的灯塔。

　　"我希望，"布雷克先生说，"忍受了这么多痛苦之后，她不会躲起来深藏不露。"

　　"她是我行我素的人，"甘吉斯先生说，"她想要什么就会得手，她是个了不起的人。"

　　他们两人都有点爱上她了，他们彼此互相承认。他们期待她回来，他们不相信罗许先生能完成这项任务，担心他会报复她，像医界位高权重的男人向仰赖他们的女人报复一样，至少女人是这样说的，她们听多了这种例子。当然，他们自我撇清，说他们不是这样的医生。布雷克医生有个娇小活泼的妻子，向全球各地筹募基金保护濒临绝种的野生动物，她精力充沛、勇往直前。他告诉甘吉斯先生，他对她一点也没辙，就算他有意愿也没用，因为她对动物的爱远甚于对人类。她的小狐狸狗对她投以责备的眼光都比她的丈夫责备她更教她难过。在她的世界中，一分钱可以买两个丈夫，丈夫不但可以迅速被取代，而且无限量供应。甘吉斯先生当然没有结婚，他告诉布雷克医生，因为他知道他早晚会有冲动要把他妻子的身材改造得更完美，一旦改造完毕，他就会对她失去兴趣。就女人而言，让人满足的是改造的过程，目标达到后反而觉得索然无味。

他们谈话之际，面前就有一具杭特小姐的模型，是用一种叫弹性蜡的透明物质做成的，上面有纵横交错的塑料肌腱、血管和骨骼。他们在模型上工作，这里拿掉一块肌肉，那边添加一块肌肉，使它更臻于完美。他们还想到也许可以调整肾脏的位置，让它们上下排列，而不是分列身体的两侧，这是很容易的事。人体的工作器官都必须适当地联结，至于它们的排列位置并不重要。

玛莲·杭特躺在担架上回到沙漠，但是她有了个尖翘的小鼻子和弧度优雅的鼻翼。她的脸严重淤血，眼窝是黑的，但可以看得出她变得非常漂亮。

"它会不会太平凡了？"布雷克医生担心地说。

"如果你一辈子都不凡，"甘吉斯先生思考着说，"那么能保持平凡就算不错了。"

"可是我们不希望她看起来和进来这里整形的人都一个模样。"

"有什么关系？"甘吉斯先生问，他对自己的洞察力感到自豪，"反正是她想要的，她只想和另一个女人长得一模一样。"

那年六月他们开始为她的身体整形。他们将她的肩膀改小，修饰它的线条。他们将乳房改小。他们取下上臂的肌肉，把松弛的皮肤拉紧缝在腋下。他们将她后颈底下到背部所囤积的脂肪打散抽出，然后继续往下移，拉紧并抬高她的小腹，又拉紧她的臀部。最后，为了安全，他们还是没有移动她的肾脏，因为它们现在距离她的身体表面很近。但她的内分泌系统面临威胁，即使在手术期间，她的心跳会变得很慢，然后又忽然变快。她的月经周期需要靠荷尔蒙控制。甘吉斯先生和布雷克医生觉得，越不要去动她内脏的手术越好，一方面也由于发现她的肾脏暴露在危险中，使她未来的健康面临危机的因素加大。如果到最后她还想动手术，就等她有空时再摘除肾脏好了。

甘吉斯先生缩紧杭特小姐的阴道，并且把阴核往后拉，增强他的病人对性的反应。这使布雷克医生感到不安。

"这样做好像干预了基本的自我。"他抱怨说。

"这不是基本的自我，"甘吉斯先生说，"它和基本的自我无关，它是可以改变的，可以一改再改，而且通常会越改越好。"

杭特小姐需要增强吗啡的剂量来减轻疼痛。她的肉体习惯于依赖吗啡，但她的心灵依旧昂扬，并且分泌出对她的健康最有利的荷尔蒙。必要时，这些荷尔蒙会在事后治愈她对吗啡的依赖。同时，她复原的意志力也明显可见。

只有一次她显得颓丧。她接到一封家信，那是个罕见的现象。她哭了。她躺在床上，两眼无神，双手无力——不过，包着绷带的手本来就显得有气无力，甘吉斯先生不久前才在她指间划了一道道细线，将她手上的皮肤往手背上拉高。

"出了什么事？"他问。

"我认识的一个人得了癌症，"她回答，"她快死了，在医院里。"

"你的熟人吗?"

"我在一次派对上认识她,我们一起开车回家,后来我又去她家吃过一次晚饭,如此而已。"

"她一定让你留下深刻的印象,你才会这么难过。"

"哦,是的。"

他说,如果杭特小姐愿意的话,她可以赶在她的朋友过世以前回去探望,这样也可以让她的身体多一点时间休养,好再继续动她的腿部手术——假如,智慧与谨慎没有获胜,杭特小姐仍然没有改变心意,还是不愿意忍受她现有的一双腿,满足于做个雕像美人?

然而杭特小姐说她不能把时间或生命浪费在不断进出医院上,腿部的手术必须立刻进行,因为时间比她预估的更紧迫。而且不仅她的腿要截短,她的手臂也要截短,她不希望自己看起来像一只猩猩。

事实上,缩短手臂比缩短腿部容易,因为手臂不需要承受身体的重量,问题是从来没有人做过。

"告诉她要花多少钱!"布雷克医生说,"告诉她这样做不值得。"

但杭特小姐不在乎花钱,她利用它作为达到目的的工具,她鄙视它。她有很好的投资,虽然是投机性的。她在纽约有个经纪人,定期与她通电话,她在货币市场上赚了一大笔钱。诊所的一个总机小姐听见他们的对话,将她的一点存款,可怜兮兮的几百美元，跟着杭特小姐做投资，结果大发横财，现在她名下已经累积数十万存款了。

和那些生来贫穷但后来成为富豪的人一样，杭特小姐也相信钱花得越多就赚得越多。甘吉斯先生和布雷克医生从遥远的世界各个角落召集他们的医疗小组，杭特小姐二话不说支付一切费用，她付得越多似乎就越快乐。

她愈来愈受到护士和诊所员工的喜爱，他们赞叹她的勇气，也赞叹她的美貌。她的模样迷人。当淤血与肿胀消退后，她的脸蛋呈现出一种甜美的表情。她的眼睛散发光芒，长长的睫毛（从别的地方移植过来的）遮掩了锐利的眼神。她的声音沙哑、充满感情。只要她一召唤，他们——男的女的都一样——立刻飞奔而去，特别是男士。

布雷克医生拐弯抹角地邀请杭特小姐在手臂手术的前一天晚上，参加在他家举行的一场派对，那是他的妻子为了筹募基金而举办的派对，布雷克医生和甘吉斯先生希望她能从派对人士的反应满意她的新自我，从而顺应自然。

"可是我不习惯参加派对，"她先是反对，"我从来都不知道要说什么。"

"我的天，"布雷克医生说，"像你这样的人根本不需要开口说话，你只要在现场就行了。"

但她还是反对。于是布雷克太太打电话给她。

"你一定要来，"她说，"举行派对为的是提振士气，同时它有很好的理由，为了拯救北极熊。大家都以为大型动物不需要保护，但事实上相反，你一定比谁都更明白！我先生跟我谈了许多有关你的事。”

一阵短暂的沉默，然后杭特小姐回答说："布雷克太太，我乐意参加。"

美发师花了好几个小时为杭特小姐做头发，现在她有一头时髦的大波浪金色卷发，松松地遮盖住看不见的头皮。事实上，她全身上下的疤痕已经变成一道道细细的白线，医生和护士们一致同意她的复原情况极佳，仿佛那些被分开的皮肉都急着再度重塑新的形象。大部分整形病人的伤口似乎都以古老的方式，而不是以新的方式愈合，长出的疤痕清晰可见。但她的红眼圈已经褪了，几乎看不出来。不过她仍小心翼翼，举止镇定，言语踌躇，展现出一个不可思议的、全新的她。

"她好像维纳斯，"布雷克医生对他的妻子说，"从蚌壳出生，美极了！"

布雷克太太非常讶异男人多么容易受到影响，即便医生也不例外。他们就像娱乐业的制作人，会停下脚步呆呆地望着他们塑造出来的明星。当时她正协助将一个巨大的笼子移进花园，笼子里躺着一只巨大的、被麻醉的、驯良的北极熊，它是拯救北极熊协会的吉祥物，是该协会向北部地区的地方政府贷款买来的。

杭特小姐还没抵达派对现场，被派去接她的年轻加州司机开着诊所的浅紫色礼车，绕远路载她去参观许多美丽的风景。甘吉斯先生有点嫉妒，他不相信他的病人的私处尚未痊愈。结果他喝了过量的香槟，在其他多半都是医药界的宾客面前出丑。美国境内这个地区聚集了许多私人诊所，因为这个地区的土地取得便宜，风景又很美丽。

"我是她的皮格马利翁，"他大声说，"我改造了她，她却如此冷漠，冷漠！阿芙洛狄忒在哪里，吹一口气能把她吹活吗？"他找遍整个派对，想找出一个更美丽的女人，但是遍寻不着，只有一头巨大的北极熊瘫倒在厨房里。他谴责布雷克太太让北极熊离开笼子，但布雷克太太坚称它是温顺的。

"只有男人才是恶劣的，"布雷克太太激动地说，"假如我们不去惹动物，动物就不会伤害我们。"

杭特小姐和北极熊是这场派对的明星，但杭特小姐仍未露面。从布雷克先生的叙述，她期待看到一个女性版的科学怪人出现，头上用铁钉将一块块头皮钉在一起。布雷克太太就常在早餐桌上称呼她丈夫为科学怪人，有时在晚上，他临睡前的一刻。"晚安，科学怪人。"他们是在一种极匆忙的情况下结婚的，她忙着去拯救世界的野生动物，他忙着去扑灭人类的疾病。现在他们住在一幢挂着紫丁香窗帘、窗上贴着沙漠风景图片的房子里，他倾其一生对抗自然，而不是顺应自然。他们的孩子吃的是粉红色的食物，和其他任何人一样，人与动物都忙着下地狱。

杭特小姐进门了，人人都转头看她。布雷克太太迎上前去，她的客人穿着一袭金线织成的晚礼服，看在布雷克太太的眼中——她穿着一套设计师品牌牛仔装和白色的薄棉衬衫参加派对——觉得她品味低俗。她的礼服紧紧裹在身上，裙身从臀部以下散开来，以惊人的长度一直盖到一双过大的脚。一件小小的皮草坎肩用一两条金色的带子系住，披在肩膀与手臂上遮掩疤痕，但布雷克太太心想，只有那些知道内情的人才会明白。杭特小姐让布雷克太太想起她年轻时在过期的《老爷》杂志上看过的一张图片。杭特小姐活脱就是男人梦中偶像的再版。

杭特小姐说她觉得冷，她要穿着她的皮草外套。她的声音粗哑，双峰间的乳沟很宽，而且刚好在矮个子的两眼水平上。男人目不转睛看她，聚在一起，又目不转睛看她，大胆一点的立刻把她带到一旁献殷勤。她拒绝了，甜甜地说她平常是不出来参加社交活动的，请他们不要介意，也不要争风吃醋。但他们很介意。

布雷克太太对布雷克医生说："她这是对女人的侮辱，更过分的是，她的外表酷似某个人，只是比她更高，而且她很快就要变矮了。你和你的朋友不是医生，你们根本是变形专家。"

"那是她要的。"布雷克医生说。

"我想她的意思是，"布雷克太太说，"假如你不能击败她们，干脆就和她们一模一样。"

"我不想谈这件事，"布雷克医生勉强说，"你所看到的正在改写医学史，但那不关你的事，我希望你能把那只熊关进笼子里。"

"你不去惹那只熊，"布雷克太太说，"它就不会惹你。"

甘吉斯先生绕着杭特小姐打转，就像雕刻家绕着他完成的作品打转一样。一切都很成功，她的眼睛散发光芒，她的嘴唇湿润。她举起一杯香槟，小口啜饮。他知道她的下颚稍微一动就还会痛，但她太骄傲、太固执，不肯表现出她的疼痛。不过她有个习惯，有时会发出小小的像呻吟又像叹息的声音，就像女人在做爱时又疼痛又欢喜时吸气、呼气的声音，仿佛从可怕的过去被召唤出来，同时又被邪恶的未来呼唤回去。

宽大的窗子开着，窗帘在燠热的夜风中飘动。他爱她，但她绝不会感激他，他再也不会期待她的感激了。他造就她，如同母亲生下孩子一般，孩子出生之后就属于他自己，不属于母亲。而且孩子的成功和父母无关。

"你一定要嫁给我，"他对她说，"我们一定要生孩子。"

"可是我不想要孩子，"她说，"我只忙现在，不忙将来。"

布雷克医生听到他的求婚，觉得他的同事仗着未婚在占不公平的便宜，一怒之下对甘吉斯先生挥拳，但只打落甘吉斯先生的眼镜。甘吉斯先生倒在一盆素食咖喱与鹰嘴豆沙拉上，酒瓶与酒杯纷纷跌碎在地上。一名宾客往后退，一脚踩在甘吉斯先生的眼镜上，把它踩得稀烂。

混乱的声响将北极熊从麻醉状态中惊醒，它站起来冲撞厨房的一座橱柜，把一大袋全麦面粉和糙米撞翻撒了一地。它闻了一闻，背靠在后门上，后门随着它的重量应声而开，它顾不得它一向钟爱熟悉并视为家的笼子，摇摇晃晃走进黑夜中。

众宾客惊慌失色、尖声大叫。"它不会伤害人！"布雷克太太大声说，但有人坚持打电话报警，这名宾客是绝壁另一头的陆军部队的成员。这片广袤的沙漠地带是军方的保留区，以及飞弹试射区——这显然是当地的房地产价格偏低的原因之一，因为这个地区偶尔，甚至是大白天，可见奇特的光照亮天空，使人加倍紧张与惶惶不安。

警察来了，提议搜捕这头野兽，并宣布只要发现立即格杀勿论。他们告诉布雷克太太和她的宾客，自从它进入美国境内迄今，已杀死了四只狗并伤害了两名儿童——重伤但没有生命之虞——还破坏了价值约二十五万美元的房地产。

布雷克太太原本希望当天晚上能筹募到一笔基金，但她明白她的努力即将成为泡影，而她原本不想举行的派对结果变成灾难一场。宾客纷纷客气地告辞，意味着第二天将会传出种种讪笑与闲言闲语。但杭特小姐留了下来。

"你应该满意了，"布雷克医生对这位皮笑肉不笑的高大金发美女说，"如果成年男子都能为你争风吃醋，你还是保留你的一双腿吧，你是美丽的，你是受欢迎的，你能参加派对，惹出数不清的麻烦：你属于歌舞女郎那一类型，是胆大妄为的企业家的梦中情人。当然，我们会帮你缩小大腿和臀围，但请饶了我们，不要叫我们侵犯你的骨头。现在还来得及，我们可以付钱叫医疗小组解散，你一定要了解，这是有风险的，你很可能会死。"

杭特小姐望着布雷克医生摇头。"你是个非常、非常调皮的男孩，"她说，口气很像玛丽·费雪的口气，很久以前的玛丽·费雪，"把甘吉斯先生的眼镜砸得稀烂！"

"他还有另外一副。"布雷克医生说，几乎感动得声泪俱下。杭特小姐当着布雷克太太的面，把他叫到阳台，两人坐下来，在星星灿烂的夜空下相互依偎，无视于布雷克太太的存在，如同玛丽·费雪以前那样。

布雷克太太一面洗杯子，一面痛下决心今后再也不举行派对，并且决心和她的丈夫离婚，下次她要嫁个不虚伪的人，也许嫁个军人，因为军人明白在某种伟大的忠诚阴影下为某个理由战死沙场或杀人，总比在个人的框架与琐碎的事务中苟活要好得多。不久，布雷克医生在狠狠指责布雷克太太对他的贵客无礼之后，开车送杭特小姐返回诊所。

32

　　高塔空荡荡的，寂静无声，只有风从楼梯猛烈灌入，穿过一度是大门的空间。露丝敲门，杜宾狗狂叫，叛徒贾西亚出来开门，故事终于接近尾声。风从一两扇破裂的窗棂钻进钻出，来来往往的房地产经纪人拆除了大门，顽皮的孩子对着窗子扔石头。没有人喜欢空屋，他们为什么要喜欢？空屋是对渴望的一种谴责，腐朽会招来遗弃，反之亦然。没有人相信贴在"待售"招贴上的"已售"招贴是真的。高塔太逼近悬崖边缘，而悬崖不断在崩塌。如果不是悬崖往后退远离大海，就是高塔往前跨一步接近大海。每个人看了都要捏一把冷汗。

　　老鼠曾经在房间穿进穿出，跳蚤在猫狗离开后也一度在地毯上跳上跳下，但如今它们都放弃而离开了，只有蛞蝓快乐地在厨房的石板地上缓缓蠕动。

　　或许过去比现在更好，或许任何事都强过安详宁静。

玛丽·费雪住进医院，她的头发因为治疗的缘故掉光了，贾西亚与乔安妮带着他们的宝宝离开，他们用玛丽·费雪的最后一点钱修补了婴儿心脏的破洞。夫妻俩带着贾西亚在过去几年中攒下和偷来的钱返回西班牙，去和贾西亚的母亲同住，安慰她的晚年。

妮可和她学校的科学老师在村子里同居，一个叫露西·巴克的女老师。妮可只爱女人。安迪在一家修车厂当技工，他的老板同情他，收留他。安迪和村子里的男孩没有两样，当了街头混混，心中暗暗渴望他从没有享受过的生活。

鼻子整形好之后我去了高塔。我开着我的劳斯莱斯经过村子，无意中看见安迪，他正好满身油污从一辆停在路边的车子底下出现。我知道他是我的儿子，但我毫无感觉，他现在和我一点关系也没有。我又在妮可居住的房子外等候，看见她从屋子里出来，她皱着眉头的模样像鲍伯，身材却像我。她闪了一下躲起来，脸上现出沉郁的表情。她永远当不成魔女，我的孩子在平凡的人类大海中沉浮太久，被海浪吞没沉入海底，又被浪潮推回他们原来的地方，他们太平庸，而且我想他们自甘于平庸。

老玛丽·费雪被迫独居，但她过得不错，比她的女儿更好，这一直是她的野心。她住在她出生的老家附近，独自生活，但一切都很顺利。她每周去探视女儿一次，一个步履蹒跚、身上带着臭味的访客，护士们都怕她。她对女儿摇头，说她的病是咎由自取。管病房的姊妹是个成熟的妇人，她结束为人妻、为人母的身份重返这个社会，是经由"薇丝塔·萝丝职业介绍所"的牵线。她喜欢玛丽·费雪，把她照顾得很好。

鲍伯没有去探望玛丽·费雪，虽然基于同情的立场（因为她快死了），假如他提出要求，他们一定会让他出去。但他不想再和她有任何瓜葛，他爱过她，但爱让他失望，现在他只会怪罪玛丽·费雪，对她已经没有爱的感觉了。

我站在高塔底下望着大海，大海对人类的影响无动于衷。我又望着陆地上的田野与丘陵，它们和大海不一样，它们就像人们眼中所见的那样美丽。玛丽·费雪失去了这片风景，使它看起来更加可爱。我知道，我一向知道。若非透过爱，甘吉斯先生与布雷克医生又如何能给我美丽？

我会建设高塔，我会铲除人行道石缝中一簇簇的杂草，我会填补悬崖，让它更安全，但我大部分时间会望着陆地而非大海。我会望着外面，一如玛丽·费雪和她的鲍伯——我的鲍伯——一夜缠绵后坐在她的卧室窗口望出去，望向从丘陵、山谷与树林之间悄悄探头出来的旭日升起之处，并且和她一样，知道这是美丽的。我会从这里了解她，了解我为她感受到的忧伤，了解我不得不为她付出的一切。她是女人，她使这片风景更美丽。但魔女除了她们自己之外，无法使任何事变得更好。因此，到头来，她还是赢了。

33

北极熊逃脱的那个派对晚上，露丝回到简朴的诊所房间，并婉拒布雷克医生进门。露丝带点自满地说，假如布雷克医生不赶快回家，布雷克太太一定会难过。

露丝心满意足地闭上眼睛睡觉，心想漂亮女人的前途奠基于拒绝男人，而不是对他们投怀送抱——或者更正确地说，期待男人的追求。她想，照这样看来，也许只有长相平凡的女人才必须培养性技巧和享受性爱的乐趣，但漂亮的女人不需要。不过，露丝反正经过多年的练习，对后者已有深刻的体会，她一定会得到全世界以及天堂与地狱中最好的一切。她睡得很好，她听不见警察在诊所外的草地各个角落搜捕北极熊所发出的呼叫与枪声。诊所庭园僻静的一隅有一块用除草剂、肥料、杀虫剂和从科罗拉多河偷来的水创造出的绿洲，上面长满翠绿的花草树木，美丽而阴凉，做脸部整形的病人最爱在这一隅对着斑驳的阳光抬起她们严重淤青的脸。

这是露丝最后一次酣然入睡。从那以后很多、很多个月期间，医生们所形容的不适累积成了无以名状的痛苦。高剂量的吗啡和镇静剂使她的意识模糊，却仍无法区隔知觉与反应间的关联。事实上，她并不希望免除疼痛，她知道，疼痛是治疗的媒介，象征她从过去的生命转变到未来的新生命，为了免除将来的痛苦，她现在必须忍耐。许多人的一生中，疼痛总是拖延着，这里抽一下，那里痛一下，终其一生没个准地遍布全身。露丝宁可现在一次痛足，做个了结。但她明白变形很可能使她丧命，因为她的手术太集中、太快速，又太激烈。

有时她会在半夜尖叫。他们把药锁在安全的地方，窗子装上美丽的栅栏。倒也不是担心她上了石膏的腿会带着她到处走，但谁也说不上。他们都说，她不是个普通人，如果她不能用脚走路，说不定她会选择用双手走路？

一起强烈的地震发生了，地壳沿着最脆弱的圣安德烈斯断层分开。那是她动大腿骨手术后的第二天，诊所不得不靠紧急发电启动维生系统，地震发生的那一瞬间，他们以为她没救了。露丝看到他们脸色发白，惶惶不安，等她能开口说话时，她说："你们用不着担心，上帝的一个动作杀不了我。"

"为什么？"甘吉斯先生问，"我不认为他会站在你这边。"

"他还得和魔鬼斗呢。"露丝说完又陷入昏迷。

甘吉斯先生哀求她大腿骨截短两英寸半就好，但她不肯。

第二次大手术的前夕又发生严重的风暴，电力中断了。这样的风暴在这个地区十分罕见，大白天突然天昏地暗，厚厚的乌云在不自然的黑暗中翻腾，一道道强烈的闪光突然刺穿云隙，但这是极不寻常的干风暴，没有降下一滴雀跃人心的雨水在这片草木翁郁、令人目眩神迷的绿地上，补偿先前蒙受的恐惧。

"上帝生气了，"甘吉斯先生说，忽然害怕起来，恨不得重回妇产科，"你违背他的意旨，我真但愿我们没有做这么多。"

"他当然生气，"露丝说，"我在改造自己。"

"是我们在改造你，"他不悦地说，"而且是改造成他更虚弱、更荒谬的形象之一。"他早就恨透了玛丽·费雪的照片。

电机工人工作了一整夜，一点一点而不是整体地，检查酷似人体机能的抽水机、杠杆、水阀的电路。

"我们唯一无法掌控的，"甘吉斯先生说，"是火花，生命的小火花，但我们正在研究，当然还有气候。"

"往后下半辈子，你的一双腿将会给你带来麻烦，"甘吉斯先生最后一次警告她，"你必须服用稀释血液的药物，你会永远面临凝血的危险。而且天知道缩短的动脉能撑多久，还有，肌肉也有可能痉挛。你疯了。"

当天早上她才接到她的顾问的财务报告。"那我就是个疯狂的千万富翁，"她说，"你就照我的意思去做。"

诊所附近聚集了一群医疗线记者，他们专门挖掘世界各地最怪异的移植新闻，在各个实验室搜寻双头连体狗与巨型老鼠的情报。但露丝巧妙掩饰身份，他们查不出她的姓名，也查不出她的国籍、她的婚姻状态，更查不出她的年龄。她是个想变矮的女人，他们只知道这一点。他们偷窃诊所的病例，但找不到玛莲·杭特的经历。他们撰写一些有关身高与性格功能、身高与人格败坏关系的文章和专题报道，描述任职将军的矮小男人，默默无闻的高大妇女，或撰文讨论到底是外表第一，还是人格第一。又叙述宠物狗如何长得酷似它们的主人，妻子和丈夫有夫妻脸，养子女和养父母长相相似的问题。这些事实被广泛讨论，被驳斥，因为谁也奈何不了他们。读者慢慢失去兴趣。

露丝在生死边缘辗转、呻吟、漂浮，第二次造成停电的风暴刺激似乎令她起死回生，闪电击中诊所的电视天线，至少有六小时电视收不到讯号。第一声霹雳巨响之后，接下来几个小时她的体温逐渐恢复正常，血压上升，心跳稳定，她坐起来要求吃东西。布雷克医生自从求爱被拒后，便不再视露丝为从蚌壳出生的维纳斯，此时更直指她是科学怪人实验室的怪物，需要闪电刺激才能行动。他其实应该称甘吉斯先生是科学怪人才对，不是他自己，不过这两个男人之间的关系最近开始交恶。

九个月后，露丝才有办法跨出一步。甘吉斯先生想再等三个月再为她动截短手臂的手术，但她坚持即刻进行。她说，她等得不耐烦了。

她在恢复期间学习法文、拉丁文和印度尼西亚文。她还上了世界文学和艺术欣赏的课。所有病人在住院的空闲时间想做但几乎都没做的一些可行之事，她都做了。有个年轻的实习护士甚至为了她的缘故而自杀未遂，因为她的医生男友老是待在露丝的病房。

露丝接到一封家书，信封镶黑框，那是贾西亚寄来的。这次她没有哭，她微笑。"我的朋友死了，"她说，"祝我的朋友长命百岁。"

她飞回去参加葬礼。她大部分时候坐在轮椅上，但每天都能多迈出一两步，并且更运用自如地使用她的双手。她的两根手指失去触觉，腿上与前臂的疤依旧清晰可见。但现在是冬天，所以无所谓。反正她够富有，可以跑遍全世界追逐冬天，只要体力够的话。她量了身高，五英尺六英寸半，胸围三十八英寸，腰围二十四英寸，臀围三十七英寸。每隔一段时间注射可体松，使她的脸蛋保持童稚的天真无邪，抹去经验带来的沧桑，而且使她的头发光泽丰润。

露丝穿着黑色的真丝洋装、戴着钻饰参加玛丽·费雪的葬礼。她坐劳斯莱斯去，但没有下车，而是坐在车内远距离观礼。墓园在海边，风将水花喷洒在车窗上，布道者的讲词模糊不清，一小撮老朋友和过去的同事盯着他的嘴唇凝神细听。老玛丽·费雪甚至好奇地走到露丝的座车察看究竟，一双湿黏的老眼从玻璃望进去，还示意露丝把车窗摇下来。露丝起先不愿意，但最后还是按下按钮。

"我乍看还以为是她，"老玛丽·费雪说，"以为她把自己的灵魂送来参加自己的葬礼！可怜的小贱人，从烂泥里来又回到烂泥里去。但我目送她走了！我一直都知道我可以。"说完，她弓着背回到风中，回到她女儿的坟边，露丝觉得似乎看到她的眼泪。

妮可和安迪没有在场，他们毕竟不是她的亲骨肉，何况还是玛丽·费雪毁了他们的家，毁了他们的母亲和父亲。即使玛丽·费雪努力补偿，这一切都已经造成了。

鲍伯倒是出席了葬礼，由两名狱卒陪同。他没有戴手铐，显然没有必要。他的眼皮变厚，头发也灰白了，他似乎在梦游，不明白为什么墓穴没有覆盖泥土，或这一切到底是为什么。他看见露丝扶着她司机的手臂。

"你是谁？"他问。

"我是你的妻子。"她说，用年轻迷人的眼睛望着他，脸上带着甜蜜的、新的微笑。

"我的妻子死了，"他说，"很早以前就死了。"

他似乎想转身走开，但狱卒分别抓住他的两只手臂，他们被他的突然举动吓了一跳，便用力抓紧他，使他不得不再度望着她。

"你是我的妻子，"他说，"对不起，我好像得了健忘症，但是有一个人叫玛丽·费雪，你是她吗？"

"这就是玛丽·费雪的葬礼，"其中一名狱卒说，仿佛对孩童说话的语气，"她怎么可能会是玛丽·费雪？"

他们向露丝道歉，带着他们的犯人离开，后者这时候显得很难过。他们觉得他需要更强的镇静剂，他因为罹患忧郁症，最近正在接受电疗。

鲍伯很高兴能回去，外面的世界总是像梦境一般——忽然跳出一个影像，然后变成梦魇，接着又恢复影像。监狱内至少是真实的，而且安全。

露丝聘请优秀的律师，着手进行保释鲍伯。她原本考虑归还先前侵吞的公款，但后来决定作罢。假释单位现在由一群善良稳重的人执事，他们不再像以前那样，以抽象的道德观重视金钱。鲍伯很快就能重获自由了。

她雇用建筑师和营造工人、木工、水泥工、砌砖工人、水管工人来重建高塔。建设工程师填土修补悬崖，蓄意改变整个海湾的面貌，使浪潮的威力不再直接威胁高塔，这样一来，喝下午茶也许没有那么刺激，但至少安全多了。她又雇用了一位地景设计师和几名按工计酬的园丁，使庭院恢复美丽。她付给他们丰厚的工资，大门再度装上了，建筑师找到一扇坚固的教堂大门，不但装上去尺寸刚好，外观也很美丽。她寻找杜宾狗的下落，把它们又买回来，并且将它们去势，高龄使它们现在冷静多了。她写信给贾西亚，问他是否愿意考虑回到高塔工作。

贾西亚回信接受杭特小姐的聘雇，不过他不会带妻子和小孩来上任，他们会留在西班牙陪伴他的老母亲。

露丝回到"妙丽诊所"继续接受物理治疗和身体上一些轻微

的诊治：一片脚趾甲往内长，脸颊上破裂的血管需要进一步激光处理，脸上的痣仍不断地长出来。

"最先有的，"甘吉斯先生说，"最不容易根除。"

布雷克医生递出辞呈，他和布雷克太太要去第三世界，他去帮助穷苦的人类，她去帮助鳄鱼。

"假如他要浪费上帝给他的天赋，做一些任何半专业的护士也能做的事，"甘吉斯先生说，"那是他的事。"

露丝觉得时间总算又重新回到高塔，她可以自在地走路，甚至小跑一下。她一只手可以举起一个一公斤重的哑铃，她的血液循环问题控制得很好，她不再需要"妙丽诊所"，她谁也不需要了。她与甘吉斯先生踩着晨露跳舞，红红的朝阳升起，高挂在斜坡上。她每踩一步就仿佛踩在刀尖上，但她感谢他赋予她新生命，告诉他说她要走了。

34

    现在我住在高塔，潮汐随着月亮的圆缺与地球的转动在脚下波动，但是大异于往昔。贾西亚每次擦不同的窗子，因为浪花溅起的水珠会落在不同的地方，他觉得很不可思议，连大自然都给我带来方便。我付给他和前一个雇主相同的薪水，以前一度太高的薪水如今却太少，通货膨胀使币值缩水了，但他不知道，我也没告诉他。为什么要告诉他？如果你想留住用人，你就必须对他们坏一点。同样地，我发现，对情人也是。

    贾西亚常在夜晚来到我的房间，敲门，对我说爱的悄悄话。我偶尔让他进来，我故意要让鲍伯知道，让他难过，那是我在贾西亚的身上找到的唯一乐趣。和他结盟是政治策略，不是性爱的行为，对我是这样，对他则不然。男人真是多情！

    鲍伯爱我。他已经变成一个可怜的老糊涂，为我倒茶，帮我调酒，替我拿皮包。他和我结合成一体，一个他曾经抛弃，从头到脚都不要的肉体。两个玛丽·费雪。他的视力模糊，仿佛是个老人，这是屈辱造成的。当然，他大可想办法解决他变厚的眼皮，他可以动美容整形手术再度变年轻，但他得开口向我要钱。我等着他开口，但他没有。人是多么脆弱啊！他们只是接受事实，仿佛那是天注定，不知道那只是一个应该设法对付的生命。

有时我让鲍伯和我睡在一起，或者在他面前接纳我的情人。那时便会在家里引发非常有趣的骚动！连狗都会生气。我给鲍伯受的痛苦和他当年让我受的痛苦一样多，甚至有过之而无不及。我尽量不这么做，但这毕竟不是男女性别的问题。它从来不是性别的问题，而是权力。我拥有一切，他什么也没有。现在的他，就和从前的我一样。

很好，生命是非常愉悦美好的。晨起坐在床上，我往外眺望风景。有人说我用人工围篱和花岗岩喷水池破坏了大自然美景，但我喜欢。大自然失控太久了，它需要控制。我有许多朋友，我非常好客，而且魅力无穷，我的派对总是热闹非凡，食物超级美味，有烟熏鲑鱼和香槟招待那些雅好这些东西的人——我自己则比较偏爱东方与异国口味。

我试着写小说，并且把它寄给玛丽·费雪的出版商，他们要买下它出版，但我不答应。知道如果我要的话我也能写就够了。这毕竟不是难事，而她也没什么了不起。

我是个身高六英尺二英寸、截短了自己的腿的女人。这是个滑稽的转变，从滑稽变成严肃。